幸福的紫霭是鱼

南岸 著

长江出版传媒

长江文艺出版社

目　录

辑三　援藏支边篇

辑一
美丽厦门篇

美丽厦门①

要不是因为你的美有着海洋的颜色
有岛　有山　有城
有一个能视为美的地方的所有元素
而且在此居住时
有着热爱的角落　生存与发展机会
要不是因为你的美是一年四季的无严寒酷暑
的适宜

要不是因为你的美是历史古老底蕴
和现代城市气息的交融
郑成功在那时刻收复了台湾
而且你还是自五口通商口岸以来
华侨进出的会聚地
要不是因为你的美是从集美学村到厦门大学的
一脉相承的闽南文化积淀

啊　美丽的厦门　我就不会为你痴迷
在你的怀抱里我拥抱着生活的一切
阳光　沙滩　日光岩下的三角梅　环岛路上的椰树

以及我为之工作的厦门轨道交通集团

---

① 读《美丽厦门站略规划》有感。

用不了多久我就能看到地铁在 1 号线上驰骋

我看到在你的战略规划里有着温馨幸福的一切

2013. 9. 16

东坪山之问

蝴蝶谷啊
从卵到蛹　再羽化为蝶
你可有那个耐心等我美丽成功

梅海岭啊
缘尽和花谢相同还是不同
众三角梅无言　枝头热闹盛开

半岭宫啊
爱情这东西像雾还是像风
上李水库如镜　人在花中还是水中

怪坡啊怪坡
山沟和花溪都有哪条路通向婚姻
站在城市中央山地　我自扪心

东坪山啊东坪山
群峰参峙　谷壑纵横
我愿以今生悬崖峭壁之奇险
换你一世幽谷之芳芬

2014. 3. 13

雨中逛胡里山炮台

一半是地堡　一半是城垣
左边的大炮还在
右边的大炮去哪了

我看到东南端海岬上的守望
一个世纪都过去了
依然痴情　今夕
不再有清兵观海面　传旗语
你是前世的炮台
在我的注目下　沉默不语

雨中的胡里山苍翠迷蒙
雨中　远处的海来到你的脚下
轻轻拍打
我则站在你身旁
被你的沉默悄悄淋湿

2014. 3. 14

把厦门放在一张纸上

把厦门放在一张纸上　那么多的
汽车与人群　在慢慢地蠕动
向着东西南北中
现在我尽量让盲肠似的马路
恢复畅通　曲折或笔直
绕满整座城市

我想回到钢筋水泥的森林
数着星星　沿街的广告牌
闪烁霓红
还有在飘荡的气球　彩条
恍如云中的梦
绚丽地开放在城市的上空

那时你也在他们中间　寻找
赖以栖身的房子　车子　妻子
在红尘中忙碌　奔跑
蚯蚓似的挤作一团　错过了
环岛路边迷人的黄昏

现在我用笔画一些宁静　白鹭
树梢上的一丝丝微风
而一列地铁
出了隧道又上了高架桥

留下一段空空的轨迹
此刻　除了内心仍在高处俯瞰全景
其余的层次已如沉寂的群峰

2014. 3. 19

日光下的集美学村

现在　我把日光像宣纸一样铺开
画上集美学村　画上龙舟池畔
红色嘉庚建筑群　白云和纪念碑
紫水鸡飞过杏林湾的湿地
它最喜欢的
蒲棒草　却只能摇曳沼泽的微光

我在地图上设立了告示牌
让进入求偶期的紫水鸡
在园博园旁的一个无人小岛上
卸下内心的防备和孤单
先人的宏愿至诚至毅　在时光里发出
声音　即使卖大厦　也要办厦大

抚摸地图　铺开的宣纸慢慢变瘦
我收集百年的流光只为点燃
两地校园内一树一树的木棉花
珍惜身边人　无论盛开在哪个角落
都会是白日的焰火
照亮了通往幸福的方向

2014. 4. 10

园博园

园博园：植物　温泉　或岛的名字
起源于展览和节日的盛会
那是我们初次相遇的爱的桥梁
那是我们一半海水一半湖泊的园林

木质小屋有着三角形的茅草篷顶
有着竹篱笆做的阳台
原色的木纹是院子的围墙
那栖在岩石上的鸟是我们的爱情

哦　隐藏在三角梅红花绿叶中的光阴
一如通向白色婚纱的拱门
通向你香肩半裸的侧影

亲吻我用你的热唇　牵我的手
用你温柔的眼睛　如果你愿意就让我
把阁楼布置成洞房　让你今晚
成为这个冬天里最温暖的新娘

2015. 1. 7

眺望日光岩

只要我愿意眺望你
我就不会在意风把岁月吹走
我的内心像绿叶簇拥在一起
不再孤单　每一片新叶都是
爱的言语　不再像从前那样
一定要你把蓝天白云摘下来

只要我愿意眺望你
我就有力量在盛夏正午爬上去
看红瓦别墅
如浪群蜂涌过来
在山的脚下　海的唇边
让它们相信
我爱你像我戴着圆边沿红帽
爱有时需要在远处静静地守望

只要我愿意眺望你
哪怕是像一根灯柱或一块石头影子

2015. 2. 1

我问菽庄花园

我问菽庄花园
你何以藏海于胸中
它答我以月洞门
绕过竹林

我问海浪
你何以洞天相连
它答我以坡面上的假山
让孩子们去追玩

我问孩子们
你们何以跳动出没于海上
他们答我以四十四桥
宛如游龙

啊　我在听涛轩
看世界最早的四角钢琴
在钢琴博物馆里
把山脚下的鼓浪屿之波
重演一遍

2015. 2. 1

五缘水乡

城市里宁静的桃源　　总有
一湾水乡的暮色
远处矗立着商业街的高楼
近处映照着青瓦的琉璃

有人在观景台边喂鱼
有人沉默
有人靠着木栏杆拍婚纱照
黑天鹅和白天鹅
正说着悄悄话

五缘水乡啊　　可以抵达

你们那些站在远处的桥梁
如日如月如天如地如人
听不见的海水
引进来
我们内心深处的湿地

2015. 2. 10

鹭岛焦外的晚上

跟我回忆吧
鹭岛焦外的晚上　海沧大桥
我们到光影迷离的老胶片上
寻找　梦是蓝色的
在黑暗中发亮
我们的港口沿着蜿蜒曲折的
斜坡道行走
夏夜的姑娘　不太爱说话的
海浪　时间在你手上变慢
我在你嘴里
变成你爱吃的奶油
我们在大桥底下玩亲亲
路灯在桥上放哨
凉凉的风也开始变成暖色调
你吻累了吗
公园里有露天咖啡座可以休憩
你牵我的手走进去　灯却屏住了呼吸

2015. 1. 27

五光十色的城

紫气东来　霓红　球形
圆顶　拱穹　高楼
追求天空　金碧辉煌向下
流动　夜晚到了　繁华
如梦　把街道引向虚空
星星为你消失了影踪

金融　被城市喧嚣
贫穷在远方乡村　民生
银行兑换货币的时刻　小姐的
曲线在大街小巷波动　电脑
在写字楼睁着疲倦的眼睛
无常的　陌生的短信
向你的手机叩问

你认得我吗
你走在湖滨南路　我的手为你
点燃了这座不夜的城　迷途的路灯

2015. 1. 27

夕照鹭江道

天光撑开浮云　你睫毛上戴着
花冠　山在远方暗了
船从我手掌驶向你心上
你吹起傍晚五颗红星的旗杆
用海关飘过来的钟声和旅人的
感伤

太阳轮毂朝我辐射光芒
鹭江道上已回响着古老的时光
最后的海面并不是我的
但也是一片亲切的港湾
每幢高楼都有一扇落地窗
从树丛中眺望
为你和为我
今晚

2015. 1. 26

待月楼前

夏天是水塘和缓坡构成的星期天
我们在草地边缘牵手
如紫云藤
和黄蝉
丰富水的色彩

在这里树林半环抱着楼台
缓坡走下草坪
鱼儿从我手中吃你的面包
相思的乔木跟随小径攀上山去

我们站在二楼窗前拥抱
三角梅知道我们
是石头开始蛙鸣的时候了
是池塘悄然绽放荷花的时候了

是你说爱我　相爱如像彩页灌木
和藤本植物的时候了

2015. 1. 28

白城钓鱼

钓鱼要注意海水上涨
海水倾斜了
你把包背在身上

钓鱼要注意海水上涨
海水涨潮了
打湿你的脚
你把包放在礁石上

钓鱼要注意海水上涨
海水退潮了
你的包漂在船上

钓鱼的时间尚早
白城的沙滩边
穿比基尼的姑娘还没有出现

2014. 11. 13

白鹭的幸福

我其实也可以住在都市里
我的几个朋友跟我在一起
像这样不被任何人打扰
住在湖中的一个小岛上真好

一只白鹭自由飞翔的
身影　一幢楼房暗恋的倒影
任何时候
任何经过桥上那惊喜的一瞥

就是这样无忧无虑的嬉戏
潮汐在海堤之外来来去去
都市的喧闹中布满宁静的翅膀
幸福原来如此

简单　有趣

2014. 11. 7

夜晚的光

它们依次点亮街道　桥梁　楼宇
它们停留在凤凰山上
它们沿箟笃湖畔展开自己
在夜幕降临时形成一个白昼

它们让湖水变得半透明
让你的裙子变短　嘴唇变厚
眼神变得有点疯狂
又有点蒙眬
它们让我在一杯酒里
看见赤裸的星空

它们的职责是：传递光
从黑夜中收集
失落和爱情的形状
并悄悄将它们带回家

那就是你心的样子
——一座充满诱惑的城　它们自己
甚至不知道你在夜晚要比白天漂亮

2014. 10. 29

港口的码头

港口　港口又一次在我眼前
我第一次见到它们是在电影中
集装箱一个接一个　吊上货轮
起重机下灯火通明

向远洋驶去　航向未知风雨
将大海拥抱在你的怀中
多少个夜晚　多少个港口码头
多少次情人挥手告别
又拥抱迎接

她那颗玻璃的心在黑暗中跳动
如茫茫海上
我在甲板上看到的启明星
绕过好望角　穿过马六甲
在你的胸脯上我带回大海的波浪

在夏日里停泊：海鸥
停留在我的手掌
为了使你的嘴唇接近我　多少港口
多少集装箱车在夜晚一直忙碌

2014. 10. 29

蓝色月光下

那蓝色绸缎的波纹上
光滑的寂静
来自海上
一颗升起的蓝月亮

远处有一座
灯火璀璨的城
九龙塘食府的夏夜
在黄色的沙滩上
一些人在看
月光海面上蓝色波浪的回声

而我们坐在一棵大树下
一盏路灯小太阳似的照亮
绿叶的盆景
白色栏杆里的空气
我们的杯子中　斟满
溢出的言语

喝吧　我想从月亮的嘴唇上

2015. 2. 12

暮色同安湾

暮色里　站立着船只上的你
渔网卷起　鱼获在何处
在你眼睛里
可我看不见

宁静的小舢板　一字排开
无语地靠着岸边的岩石
渔排三两只　还在海里
没有名字

像那夕阳的远方　夏天
我对你充满好奇
来到同安湾
容易被遗忘的海浪覆盖着
山的低洼地
在海上　你会感到自由
我阅读很多关于鹭岛的航线
并想独自驾船向南行驶

2015. 2. 17

午后阳光

我站着　像斑驳的墙壁上
缠绕着榕树裸露的根
留下一扇漆红木框的眼睛

伸直腰杆　嚼着槟榔
沐浴那掠过老别墅的午后阳光

就像旧石拱门前紫色的三角梅
缤纷的梦想将我轻轻召唤
随后我那敞开的心
像一棵枝繁叶茂的大树
讲述路上的故事和天空的沉思

仔细地阅读番婆楼的雕刻
瞬间凝固的记忆　又转身回来
熟悉却依然陌生的房子
繁荣似乎未曾远离

就像菽庄花园里四十四桥仍在
我温柔地弹着钢琴
朝着蓝色大海　落地窗外
凤凰树顶飞过一群白色鸽子

2015. 2. 22

琴 桥

黄昏来了
以一座桥横在水面上的姿势

它坐而俯视
园博园的岛屿与水域
悄然抱起一把竖琴
演奏着花丛中隐藏的心语

于是山远处的霞光天色
徜徉在园区的水面
水的边缘
呈现出女性优美的曲线

请不要低声道别
即便暮色将临
往往是短促的相遇
才能水天交融

黄昏来了
因为我水晶般的眷恋

2015. 2. 24

海门岛

落日偷偷地来临　像倭寇来到明朝
瞬间点燃了海澄
沿九龙江岸畔居住之民
把出洋过番换回的金币藏在

明闽四大商埠之一的月港
你见过其巨帆从月溪驶出来
外通海潮　内接山涧
像一枚弯月挂在海门岛

而如今　渔樵耕读　民风纯朴
这里又重归原本的渔村形态
丘陵和海积平原相间
一条蜿蜒的小流穿过宽阔的草地

人类沧海桑田的脚步啊
请看　一艘渔船怎样破落地
坐在红树林中　思忖
通过草地　跑向昔日的大海

2015. 3. 3

我有一座森林　叫金光湖

有一群恐龙时代的植物走过
清内阁大学士
护林的圣地　有一个原始部落
叠水与喷火
有一把太师椅　在同安巷子
与谁擦肩而过
至今流落民间　不肯回京城

曾经以为你是湖　而你只是山
一座如湖形状的山
我的脚步不是竹筏
却在你的心头泛起了涟漪

我有一座森林　不是西双版纳
她叫金光湖　旭日初升时
叶露晶莹　温柔的眼光闪闪
闪闪　在我心灵深处

你的美　天然含氧　无所不在
穿越空中走廊
我已不再漂流如穿山甲
荒凉如刺桫椤

2015. 3. 19

音乐广场

以天为纸　以海为墨
可以写古老的工字曲谱
以桥为载体
独特的南音乐器
谁的乡思能比木船的大橹
交织在一起

头顶天空的三角形船帆
身在广场形成了弧形的窗口
眺望着远处蓝色的海
怀想仿佛亲历过的航行

只是古代五音装饰景墙
有人在沙滩上捡拾遗落的音符
还有人把喷泉藏在现代的砖缝里
这一刻　环岛路的风景才开始
骑着协力自行车驶过

可如果唱一首闽南的歌仔戏
卷起裤腿　下到海边
那么一切都已退潮　剩下的
是泡沫如砂砾
游客如礁石上盛开的花朵

2015.3.26

致鼓浪屿

当我还在你的岛上漫步
还像三角梅依傍在你别墅
还倾听你每一声波浪
它将我温柔坚韧的心环绕
当我还像白鸽一样满怀天空和云朵
站在你的屋顶前
为你的窗寻找一片阳光
为我的爱寻找一条小巷

当我的心还向着海峡
以为轮船听得见它的笛声
它把台湾称作兄弟
把厦门当作海的后花园
当鹭江道上月光浮动
你的话语　你欢乐的音符
在寂静的日光岩上眺望
那时鼓浪屿之波将你我摇荡

2015. 6. 2

你在地铁几号线

命运牵引
你的手握向我的手　那里有
一列地铁正穿过隧道驶向海边
你轻轻转动
莲坂明发商业广场的摩天轮
我知道你将听到我的心声
不在搁浅的海盗船上　而在街头小贩
把我无数个等待的夜晚煎成的手抓饼中

由你品尝　听我说并理解我
轮渡码头　日光岩　环岛路　高崎机场
一座滨海的都市　南洋的风　白鹭闪亮
她历史上的几次重大规划
西堤
——以及咖啡一条街旁的筼筜湖畔

那时我将搭乘一列开往春天的地铁
在你的身体里面我的梦想欲望
终将找到意义　入口与出口
而我也终将看见爱情之光

2016. 7. 23

又见胡里山炮台

我又一次来到胡里山炮台
看见那门克虏伯大炮还在那里
四年前我曾为它写过一首诗
记得最初的相见是 20 多年前初来厦门
那时环岛路还是两车道沥青战备公路
我们去黄厝采草莓
20 多年了　我刚认识的大炮还在那里
这 20 多年来　仿佛什么也没有发生
它只是多了一些旅游的噱头
护城壕　清兵营房　和炮台也都还在
我们都还是孤独的一个人
我也只是从学校初毕业的春风少年
变成知晓社会生活与职场艰辛的不惑之男
我还能说些什么呢
它也许现在改变了胃口
不再喜欢厦门东南端海岬上曾驶来的敌舰
而是喜欢背后蜂拥而上拿着相机拍照的游客
它坐在那里　一个世纪过去
好像没有像姐姐的小孩那样长大
也没有像父母亲那样变得衰老
它坐在自己的掩体里
享受着"八闽门户、天南锁钥"的声誉
不说话　也不去看红夷火炮清兵操演
我今天站在它的身旁

我的身旁也没有女伴
今年的冬天已经开始　百米的榕道
向着女孩赤裸的眸光敞开
青龙旗杆山顶瞭望　暮色已近
游客三三两两地散去　而爱人
还未谋面的爱人
或许有一天我会带她登上这山冈
又爬下至悬崖边的白城　看这门克虏伯大炮
即使最冰冷的钢铁最沉默的词语
也有根须延伸至历史的书页
延伸至清晨的阳光
或是海面上漂荡的船只

2018. 12. 30

辑二

大好山河篇

树枝上的梦境

你将脸藏在哪儿　甚至不听
我呼唤的歌声　或者那是梦境吗
这灯笼是你去年元宵节挂上的
你在盛开
在你对我春天来临时

所怀的憧憬和枝头鸟儿
欢快跳跃的鸣叫之间
爱情　让我就这样叫它吧
始终是你的兴奋　但它

也是树枝上的梦境
不要让梦境醒来　或者让鸟儿
在一个春天的早晨努力回想
这是关于谁的爱情故事
内容和细节都如灯笼般温馨
却也朦胧

海岛上的风车

风车
它们给我带来那片蔚蓝的海
三五片叶子　像是白色的机翼
它们曾缓缓地转动在远处的

那些塔上　我当时
站在海岛上伸出手掌　向天空
捕捉风　或太阳
那些管状的塔内部有梯子
记得吗　另一张重要的梯子

在你家窗户旁边
我曾夜晚从花园爬进你的房间
为了不被你的母亲发现
我悄悄地拥抱着你

像拥抱夏天那片蔚蓝的海
那片蔚蓝的海是我风车的初恋

山坡上的黄昏

远处的群山　在黄昏下退隐
落日照在山坡上
远处的树　橘红
近处的树　金黄

时间像是在散步的羊倌
以一种悠闲的方式
述说了光阴之外的一些故事
夕阳在山坡上坐了一会儿　只一会儿
野花走出树林变成了歌谣
羊群爬上山坡变成了天边的云朵

我不再寂寞　打开内心尘封的镜头
一张　再一张　夕阳掠过草地
树树皆秋色　山山唯落辉
我像恋人一般独对黄昏
等待与爱情有关　某次郊游的回忆
停留在那片宁静的山坡
温柔地燃烧

滩涂上的墨迹

　　大海退潮留下的几处　水的相思
　　灰黑　或褐黄　如同一幅
　　八大山人的水墨画　在南方
　　那些在涨退潮的间隙里挖些
　　海蛎　苦螺　蛤蜊的妇女
　　在南方的礁石和滩涂上作业

　　她们的脸在红头巾里裹得严严实实
　　她们是鱼尾纹
　　悄悄爬上黝黑眼角时戴
　　的圆斗笠

　　在南方岛屿等候渔船来载的身影
　　散发着海边渔村人家女子的气息
　　岁月的回忆是一捧煮熟后晒干的海蛎
　　装进塑料袋里　让游客带走
　　生活的艰辛有时
　　竟有一种说不出来的美丽

　　就像在八大山人的水墨画里

2014. 9. 30

陶与菊

生活有时是陶罐
有时是菊花
或许真的无须特别的设计
只是简单地摆放在一起
就能构成一幅美丽的图案

像是一对在中年才相遇的男女
对空间不曾停止筑梦
器最终停留在掌心
让我们一起感受　宇宙

正是容器中没有声音的茶
像山谷中怒放的花
静静闲闲地开
那一夜我们在茶室初遇
你人淡如菊　我沉默如陶

生活中无处不是茶的道场

2014. 10. 4

水底的天空

现在我可以更接近太阳
仿佛伸手一捞
就能把它从水里拎出来
像摘一朵莲花

比水底更深的是天空
比天空更遥远的是你的心灵
隔水相视
一种心境却可相通

就是这样像云朵簇拥在一起
睡莲的圆叶在池沼中
她有一双温柔的眸子
她的声音那么清澈透明

姑娘啊
那水底的天空
就是我刻骨的爱的倒影

2014. 10. 8

傍　晚

夜景就是这座湖上的桥
灯就是从台阶上亮起的
我一个人站在桥上眺望
把思念望向对岸

夕阳缓缓地停在远处的群山上
那是夏夜　旁边还有恋人
一对　一对地诉说衷肠
他们忘了我孤独的存在

一个人怎样迷恋于这种黄昏
短暂的光与暗
若能成为你风景中的远方
像夕阳在群山之上回唱
我愿就这样眺望
从一座桥到另一座桥

直到夜晚

2014. 10. 15

迟暮的光芒

现在我要告诉你　远处的天空
为什么变得阴暗
近处的内港怎样失去了波浪
只剩一些铁壳船停在水的中央

而你被系在岸上
如一只沉船　侧畔有千帆
但都不是朋友
没有潮水把你升起　带走

我承认我在这儿的存在　只是
淤泥上一只搁浅的木船
多少个　多少个傍晚　我
都在倾听

海　她仍在远方呼唤我
用无法抵达岸边的波浪
用这迟暮的光芒

2014. 10. 18

白鸽子

鸽子在找寻它的哨音
把它带走的是一封信

在一封信中
鸽子在找寻它的爱情

我不是要它来竞赛
我要它栖息在你的阳台
让你的答复
戴在它瘦弱的脚环上

在空中翩翩起舞
鸽子在找寻它的哨音和爱情

等候在原地的木棉树
终于盛开了红色花朵般的喜讯

2014. 10. 20

山坡上的一棵树

树呀树
倒又立

脸蛋漂亮的姑娘
曾在那里摘苹果
风是山坡上的小伙子
围着她　拍着手

暮霭转成暗灰色
残阳已躲进云朵
斜坡走过了那位姑娘
别再叫我到坡上散步
让一切都叫风吹过

身材窈窕的姑娘
不在那里摘苹果
小伙子是山坡上的石头
滚不动　搬不走

树呀树
奈若何

2014. 10. 20

贾登峪 · 晨

在童话边城布尔津的阿尔泰山
走进贾登峪
喀纳斯的门户
那里水草丰美　有牧民定居

一坨草　一坨草
我的草原没有沙尘暴
没有雾霾　没有堵塞
我的草原上炊烟也是洁白的
像梦幻一样飘荡自由

看云杉　看落叶松　看天然林木
星空祖鲁　草原荣耀
原始的呼唤揭开了图瓦神秘的面纱

这便是你：蒙古包　营地　牛
在那里晨曦已被青草染透

2014. 10. 23

蓝色的回忆

夏天热情的阳光　照亮
这一片池塘
照在更加纯净的水面和风上
你的心　如一朵荷花擎起

一只蜜蜂自由采撷甜蜜
一支荷花不由自主地轻微地
战栗
同一时刻　风在涟漪
那青梗上盛开的蓝色回忆

当所有的背景如音乐变得模糊
我对你的爱却愈发清晰
荷叶的边缘开始渗出汗滴
那晶莹剔透的水珠

如在你的额上　你的嘴唇
开始娇喘地呼吸

2014. 10. 26

荷　花

荷花
你的纯洁　你的清香
莲叶田田　河水深深

我希望把你捧在掌心
洁白的花瓣
黄色的蕊

在印度出生的释迦佛
初行七步　步步生莲
并有天女为之散花
你是我的神话

将莲蓬挖空　点烛为灯
沿河施放的孩童
你的眼睛里
波光粼粼　星光闪闪

天上之花　人中之花
谁乱入池中看不见
听闻我的歌声　始肯出来
你的一叶轻舟　我的整个仲夏

2014. 10. 27

水墨残荷

将我给予残荷的名字
也给予影子吧　给它吧
就我视线所及
映日荷花别样红的合唱

已经谢幕　湖面上留得一些
残荷　瘦瘦的孤立
在水中　有的已经折断
有的七零八落地横斜着

枯茎上偶尔飞来一只小鸟
也是静寂的颜色
它回首一瞥
似乎在寻找昔日的喧哗和热闹
只是花自飘零　水自流

红藕　香残　玉簟秋
雨还在李义山的诗里不肯落下来

2014. 10. 30

旅行的意义

这次旅行的意义
并不完全是为了离开你
想要忘记你并不容易
即使是在遥远的呼伦贝尔草原

在蒙古包门口拴住马匹
蓝天之下　绿茵如毯
对你的思念却无边无际
如果有春天的话
那就是油菜花的金黄带来了春天

金黄的油菜花并不会升起
不落的太阳
一大片一大片白色的云
以及山坡上低矮的树
组成你的回忆

草原的微风总是带来
一种心旷神怡的沉浸或飘离

2014. 11. 2

城市之光

在灯火到来之前
但愿傍晚的暮光把这城市
和城市的躁动不安照亮
将不远处海的蓝涂在墙上
将夕阳的金黄
洒在这些高高低低的
屋顶　砖红在矮房

而我站在山上
你迷惘的表情还没回来
没有电
没有蜡烛把晚餐点燃

城市之光　在黑暗前方
在我旁边
树枝上一阵沙沙的响
那是风　以及风轻轻的吹拂
风将今晚与我为伴

2014. 11. 2

游秋湖

就是这座湖　就是长堤
那一排翠绿的树　那株
岩石上开的红花　是我思念的一切
不是那首我经常吟诵的
有晓风残月的杨柳岸
也不是我用泪眼相看的
竟无语凝噎的手

一个又一个傍晚　那千里的烟波
从湖中心乘一条小船驶来
带走我眼里欲下的骤雨
而且不让寒蝉
在你看不见的长亭凄切

我无法言说
当一切期盼的良辰美景再度虚设

2014. 11. 3

渔　港

在傍晚往海边走　走向那些
泊着小船儿的滩涂
成为一只飞翔的海鸥
或夕阳
或许有一天成为岸上晾晒的网

不要去知道我今天的鱼获
被分拣剩下的小鱼和虾米
那些随潮汐起伏的生活
不要去知道

与大自然同作同息的渔港
被太阳晒得黝黑的脸庞
被镀上一层金黄
因其生动　不再荒凉

白天剩下的阳光　照亮
这儿的这些船　还有这些忧伤

2014. 11. 5

那些年我曾写下的字

爱好 这些业余写下的字
快乐和失落都隐藏在里面
我已经开始发现我的心灵
把寂寞作为我的知己

时间一个字一个字地停留在纸上
那年夏天 在好奇的引诱卜
我将我的笔献给了墨汁
它们一碰到水就尽情地叫喊

从少年到老年

我写字 用毛笔 用扫帚
在你身上
我曾把爱情写成孤独
把人人期待的前程似锦
写在广场的方砖上 然后轻轻抹去

我的人生就随着父亲写的一个龙字而飞舞

2014. 11. 7

一个晴朗的星期天

造一座桥　哪怕是没有桥墩的一座
走进这群高楼
没有围墙的屋顶
像云朵一样流浪在天际

把大海看成一个蓄水池
祈求平静　清澈　天空的
蔚蓝
不要说海岸　说雾堤
不要变成泡沫

说雾在哪里结束
说水从哪里开始
重复那些梦和幻想
其中感觉是倒映的　且与真实对称

我仍然能感觉到它内在的辽阔视野
即使当我转过身去

2014. 11. 7

紫蜻蜓

当我张开透明的翅膀时
它们已经等候在那儿
顺着太阳留下的色彩
植物把亲密的话语
隐藏在它的额前

任何飞过来的昆虫都可以从许多
其他绿色的脉络中
辨认出它们的情歌
有点卷曲的芭蕉叶
遥远的

蜀地的雨　李商隐的诗
蓬山阻挡不了你的寻找
红烛点亮西窗　相思如水
已涨满了秋池

青鸟并不总是以那种方式探看
但这只紫色的小蜻蜓
却是以那种方式凝望
就是那种方式

2014.11.9

半夜闲逛的车辆

半夜闲逛的车辆
是一群不爱孤独回家的流浪汉

别在我的街角徘徊
女孩从来不会把答案写在马路边
的看板上　向左转
还是继续向前
你得学会从一朵花的微笑中
看见透着希望的窗

半夜闲逛的车辆照亮另一片夜空
不断向前移动着
照在更加寂寞的街道上
拉出不同层次　不同线条的光

照亮这些依然翠绿的树
和旁边早已疲惫不堪的灯柱
它的摄像头睡着了
它的绿灯还睁着眼睛

2014. 11. 11

石头做的房子

这些房子走进石头中
门和窗都向太阳开着
低的是门
高的是窗

光的影子就留在墙上
一棵千年的铁树
在村头开着黄色的雌花
她望着最曲折山下的小路上
那迷人的樵夫

挂在木门上的箩筐和斧具
今天我不上山打柴
我只下海捕鱼
只有在古老的海洋上
我们才能相遇

别再叫我原始村落

2014. 11. 13

在云端

到了　到了云端了
我坐在飞机的客舱里
那是鸟飞不到的高度　每一朵云彩
似雪山　似雾海　沿着窗舷

一款一款地飘来　伴着
空姐们穿制服的屁股
那乘客在一瞥之中就被俘虏了
点了咖啡　外加一杯橙汁

如果你朝窗口看下去　你会发现
起飞是降落的反运动
就像缩小是放大的逆过程

至于道路　像爱情一样缓慢曲折的道路
消失又出现
在你脚下的地图

2014. 11. 13

瞻　园

探访金陵
走进这座府邸
对假山奇石　乌瓦飞檐
尤觉梦幻一般地典雅精致

移步换景　阁楼　画舫
婉转回廊
一泓清溪沟通了南北水池
我们有聚有分　相互联系

从徐达花园　江宁布政使衙署
到太平天国的王府
夫子庙附近的瞻园
一座留下了历史缩影的园林
其中太湖石是光阴　且留连不去

再逛一遍：假山　水院　扇亭
紫藤盘根错节　女贞翠绿丰满
瞻望玉堂　如在天上

2014.11.16

华岩寺

华岩是一寺庙　那里的石髓下滴
成水花
清初僧人圣可挂锡于此
夜梦五色莲花　大如车轮

正如千年的禅关常掩
古洞的木鱼声归于一种沉寂
疏林如夜雨　耸翠如双峰
松涛　霄钟　夜月都相互映衬

有的流霞如曲水
喷雪如寒岩
众多的墨宝诗篇挂在岩红的墙上
那些名士显要曾在这里焚香祈福

具有百丈高岩　形状像笏
寺内外的松竹修茂　十分幽邃
这里的法事不辍　这里的禅风丕振

2014. 11. 17

北京 798

你可以不知道社会主义工厂是什么
但你应知道北京 798
一个文化创意产业园区
一个矛盾里的一些故事　或者
一些矛盾组成的一个故事

烦扰我们的不是事物本身
而是我们对于事物的意识
在极彩色的画页　看见
近乎透明的表情

有一堆老旧的厂房
让我们用音乐去拯救
于是所有夸张的雕塑
所有艺术多舛的命运都属于我们

直到有一批人来了　又走了
直到新的一批又来了

2014. 11. 17

乌 镇

东栅　西栅　有一天我将变成
一块蓝印花布
围在你白皙的脖子上
每天　都嗅着你沁人的芳香

有一天我将重返江南水乡乌镇
由于思念而仍然潮湿的青石
我将走进古巷里的爱情童话
追忆那一段似水年华

那时我愿坐在一片瓦砾上回想
雕花大床上泛舟的你　那桥洞
在水中以一枚圆月重现
清晨的雾霭只是昨晚你褪去的薄纱

正好笼罩在那纵横交错的河道
以及一艘无人的橹船上

2014. 11. 19

长泰后坊

妹妹　要下雨了　山重后边
梯田成片　溪流绕村
荷花　寂寞地开在池塘里
垂柳在岸上等那两个人
他们曾手牵手地走过石桥
从一排窗格子后看见心中的花园

我的呼唤照亮了长泰后坊

我的寂寞已独木成林
比樟树王更老
我的相思是那绵绵不绝的九龙瀑布
妹妹　我的桂花妹妹
是否在八月时节
懊悔　你的香气
错过了那个月朗星稀之夜

2014. 11. 22

磁器口

回到古老而幽美的小镇吧
回到你我相遇的地方
江水依旧在日月地流淌
触碰心底的　依旧是

那回忆的味道　宝轮寺
缭绕的香火　许愿树上的
红丝带　熙熙攘攘的人群里
我们擦肩而过

毛血旺　千张皮　椒盐花生
从前的茶馆里我们拥抱着分离
在广阔的江边
在那青石老路上
我说过我会一如既往地去爱你

当你还是你时　我依旧是我
当你已不再是你
我会是一个伤心的磁器口

2014. 11. 23

松 口

我不记得有过嘉应州了
侨胞寄家书只需写上松口
那宁静的小镇　背山面水
每栋房子前都有一个可坐船的码头

是什么山歌这样牵着我的手
是什么码头还在等候我
是什么旅馆使客家人
出南洋前　住上最后一晚

那长街　那骑楼　那店铺
虽然破旧　仍诉说着当年的繁华
即使荒废　即使离落
也难忘昔日的挥泪告别

元魁塔前芦苇仍在风中飘荡
青衫的游子返乡时已是白发苍苍

2014. 11. 24

广济桥

石头走路
半路上被孕妇
识破的黑猪
或被地主赶去良田
的乌羊
变成山

桥墩　各做一半

十八条梭船如莲花瓣
滑过
纤细的手指
一条韩江
被拴在
一根禅杖里

一里长桥一里市的喧闹
桃花
仙洲盛开的下游
绿柳
翠竹沿江的上游
酒肆中
灯笼高悬　船篷中
细语的丝竹

到了湘桥
我问湘桥
另一只铁牛
溜去哪儿了

2014. 11. 26

人境庐

那时我一个人走进人境庐　伴随着
你吟诵的客家民谣与山歌
我五步一楼　十步一阁
看三分水　四分竹　七分明月

那时天还没黑　几棵细草
从砖石裂出的几道缝里钻出来
扑进顺着瓦檐泻下的日光中
遇见你说：
"药是当归，花宜旋覆；
虫还无恙，鸟莫奈何。"

我告诉那些写在纸上的诗草
我从来不曾这样感动过
在你的人境庐
梧桐从来不曾这样出屋
这样在莽莽风云中　深受雨露

好像梅江在远处

2014. 11. 27

雍和宫

飞檐斗拱的东西牌坊　配有
古色古香的顺山楼
为宏伟的大殿而站立

有亲王在黄瓦红墙里说话　众臣俯首
有皇帝在行宫里饮酒　众妃起舞
雍正和乾隆
都曾诞生于此

雍和宫啊

你们现在看见的是喇嘛庙
你们看不见的风轮　水轮　地轮之上
有九山八海　佛坐在须弥山
你们内心深处最高的天

2014. 11. 30

南溪斜阳

穿过傍村的小山包
从明亮的菜地
和梯田前经过
山脚下漂来的几座土楼
葱翠交替着金黄

用它新修的石板路
粘上一座拱桥
还有云纹石栏杆
你数着它们　抚摸它们
看几尾小鱼从石头台阶
游向清澈见底的河岸

而浑圆的石头坐在水中不动
像土楼廊子里的几位老人
坐在条凳上拉家常
热浪　明晃晃的
让村里剩下的人都躲在了
石头的里面
留在太阳下的　只有
晾晒的花生　和切成片儿的竹笋

2014. 12. 1

根河湿地

根河弯弯曲曲地
在平坦的草原上穿过
像一条银色的玉带

站在那高高的山冈上
我远望额尔古纳
那呼伦贝尔最北的小城
寒风吹送着刺骨的冷

草甸　环抱着曲水
白桦树连绵成片
或淡或咸　或静止　或流动
那些路过的和居住的矮树灌木
我看不出你们藏在心底的波纹

今夜我在额尔古纳
我的手上只有湿地　幽静又美丽
今夜我不关心戈壁　我只想你

2014. 12. 2

武夷九曲

最初那些日子的味道
总是带有点大红袍印象的岩茶
我知道没有更幸福的山水
除非是

在八月的某些日子
漫游于九曲溪之间的黄昏
一些光的余辉仍在山峰间摩崖
石刻　这也许是我
爱的山歌　一个女孩
坐着竹筏　缓缓向我漂来

这里　是武夷山

一只白鹭站在浅滩上思忖
如果爱有三弯九曲
漂流到哪一曲最为甜蜜

2014. 12. 3

印象大红袍

只需一声呐喊
大王峰和玉女峰被瞬间照亮
再一声呐喊
灯光变成了水和竹筏
撑竹竿的女子划出女性线条的优雅

我们曾经是　下梅古民居旁竹林里
对月独酌的才子　等待
嫛笑扶摇　环佩叮当的
佳人

茶　一杯大红袍所带来的幸福与感悟
你的眼睛和我的眼睛
在看
灯光和戏剧
在旷野上挥舞

大王和玉女的爱情故事

2014. 12. 4

秋　蝶

在你所有的注视之上
没有第二只蝴蝶

面对一双翅膀
曾经有过一次人体彩绘
丢失了
我丢失了一束柔光
那森林留给我的姐妹

面对
透亮的树叶
我丢失了一只蝴蝶
它曾经在你的梦境中寻找我

蓝色的小花
我得经过那些墨绿的枝茎
去找回那个初吻　季节
把它从春天消逝的舞蹈中找回来
秋蝶

2014. 12. 5

凤凰古城

有个地方叫凤凰古城
那里的一座四合院里诞生了
一个沈从文
虽然一切文字都和我们不再陌生
还照亮了湘西并且能看见

织锦　蜡染　扎染　银饰
一条沱江就是一部
土家人奔流不息的历史

来吗　会飘的桥
古城墙里展翅欲飞的凤凰
一个美丽的苗岭新娘
准备上路

来吧　会飘的桥

如果我们之间只是隔着跳岩
我俩就可能萍水偶遇
在那沱江边的吊脚楼上
邂逅一个你　艳遇一座城

2014. 12. 6

乌兰布统

以马奶酒和风干牛肉
以山野菜和达里湖鱼
以烤羊腿或套马杆

我骑马过乌兰布统
过盘龙峡谷
两岸陡峭　丛林茂密
我骑着白云去公主湖
各种灌木　杂草　野花
还有白桦树倒映水中
这是夏秋季节
最后的晚霞与晨雾　波光
闪闪的明月与寒星

它们在远方睡去　听见
坝上草原一轮红日冉冉升起
绿叶上晶莹剔透的露珠
变成了你脖子白皙的珍珠
在将军泡子边的蒙古包住一晚
在夜幕下围坐的篝火旁　听见
他们讲古战场　十二座连营
用如泣如诉的马头琴
和抑扬悲壮的蒙古长调
听见他们　讲影视外景基地

用风吹芦苇的沙沙声
和一种有五彩山不同颜色插图的语言

2014. 12. 6

平遥古城

在平遥重檐的城楼里　走一走

古城门六道　那
筑城活动以来的居民群落
大院深深和
从半边盖房子里诞生的钱庄　那些
汇通天下的票号
红灯笼高悬在此
美女额头盖公章于此　三轮车
二头踩　拉得游客跑得快
所有牛肉　面食
都随镖局闻名天下　连厕所
都比井大　天冷时
男女老少爬上温暖的土炕
把剪纸贴成窗花
大而宽地喊　透他

老外在绿荫掩映的咖啡馆里
学着说　干杯

2014. 12. 7

喀纳斯湖

阿尔泰山之阳
额尔齐斯河北岸
现在对着细石器发现说明的
与我共在此狩猎

于是高山湖泊　密林中的你
冰川恒雪

在点将台之上
铜质的盔甲　十分精致
宿营用的大锅
高高的杆子卜系满了哈达

吐鲁克岩画
羊背石面磨光的刻蚀槽内
山羊　野猪　刺猬
和雪鸡永远在一起

观鱼亭　于是在骆驼峰上
看哲罗鲑
在喀纳斯湖中
用图瓦村苇草编的"苏尔"吹奏
传说中的湖怪

2014. 12. 8

交河故城

因为你找到了丝路重镇
在交河故城
百米宽的河道在你北面分流而下
又在你南面合二为一

天然的护城河　　得天独厚
考古学家曾在这里谈论车师前国
用小铲　小刷
一层层剥开了 2500 多年
这座西域都城上的历史尘埃

减地留墙
从地面向下深挖而成的土城
路是挖的　房子是挖的
街巷狭长而幽深　蜿蜒曲折如战壕
干燥　少雨　你让自己在被弃之后
顽强生活下去

而今站在世界上最完美的废墟前
我想起你
那十二个为我喂马的奴隶
那十二个为我跳舞的胡姬

2014. 12. 9

响沙湾

带喇叭的沙丘　绵延不断

这里的沙子会唱歌
你和那长长的驼铃商队
我掬一捧沙子想画出你的尖叫
你的月牙

你是一粒沙　长长的驼影
映衬着火红的晚霞
鄂尔多斯的婚礼
我们曾相会在敖包

滑沙　你做水上瑜伽
美妙的神曲已渗入此地
我轻轻地拨动
就能听到
你肌肤上淌出奇妙的韵律

时间在远处好像缓缓流动的细沙

2014. 12. 10

天山天池

谁下
天山

天池云杉环绕　雪峰辉映

我曾在天池之畔
与西王母
欢筵对歌
看夕阳的余辉
勾勒出一位仰面而卧的少女
看黄色巨龙入池　涛长里许

幸福　如高山湖泊
我听见　王母娘娘的金簪
生长成唯一的榆树
大湾倒影
在上山风与下山风之间
在风帆上点盏小灯
我在南岸　带着七星剑　乘木排归去

此时　鸟回巢　山酣睡　瑶池如天镜浮空

2014. 12. 11

西 溪

湿地就在杭州城里　而且
离西湖不远

水道如巷　河汉如网
鱼塘栉比如鳞
诸岛棋布　非诚勿扰
有桑基　柿基　又多芦荡
有名园　古刹　前后踵接

冷　其实是幽静
野　其实是天然
淡　其实是清远
雅　其实是归隐

在烟水阁看群鸟欢飞
在深潭口看龙舟胜会
在秋雪庵看秋芦飞雪
在五常港看蒹葭泛月

我仿佛是误入世外桃源的那名渔夫
摇着橹船　一曲溪流　一曲烟地走过
福堤　绿堤　寿堤

2014. 12. 12

南靖长教

没有旋转　水车和我生活
在百年老榕树下
如一条幽长的鹅卵石道

只有在村头　那里
汩汩流淌的溪水还在寻找
在一排两层老式砖木屋檐下
店面一间连着一间
已不见当年的热闹

云无心　水无意
却来南靖长教
把相思拍摄成云水谣

无论老街　无论土楼　我们
都不曾想过
会在银幕里出现
只有当你的脚步临近时
我才知道有一种等待从未变老

2014. 12. 13

西 塘

我走到那青砖黛瓦的小镇
廊棚里没有烟雨
一串串红灯笼点燃胥塘河两岸
我站在永宁桥上
看人来人往

这就是那个魂牵梦绕的江南水乡
大宅的风火墙高高耸起
一条透迤长龙卧伏在水边
它是在端详河中的波光灯影
就像我在石皮弄
看一条狭长幽深的天空

雨停留在去年的屋顶
弄内的石板路
已听不见
你穿旗袍走过的风韵
西塘的夜景在河道里　蜿蜒
像你去年站在桥上挥手时的泪水
如今在我的眼里　突然静闪

2014. 12. 15

青海湖

又有人离开繁忙的城市
在青海湖畔　水晶清澈的盐
湖泊的盐　面对日月宝镜
那青色的海

目光随寂静的漩涡从湖中心
卷起水柱　成为白云
向天边扩散　天堂的马匹
如我的孤独　在远方饮水

从鸟岛飞来的鸟
随意地落在岸边一只蜂箱上
变成一朵油菜花的金黄
湖被四座巍巍高山所环抱
四座高山是我的四个兄弟
住在东岸的那个与湖中的仙女
偷生了两个孩子

咸的那个叫尕海　淡的这个叫耳海

2014. 12. 16

张家界

山像一根根石柱子　那垂直的节理
光滑的蚀面上　被山藤胀破的裂口

走在堆满山峰的森林里　那山峰
仿佛因我的到来　早早
矗立在峡谷里列队欢迎
或人头攒动
啊　目光像通过陡峻的隘口而
飘动的一阵雾

云海悄悄地来临　像金鞭来到大地
转瞬张开了老鹰的翅膀
宇宙间充满了高山和流水的知音
宝峰湖上　一对情侣
在竹筏上仅穿着树叶做的婚纱

张家界与人间仙境处于同一纬度
你看见那不断来旅游的韩国美女吗
在观景台上我被她们包围
一柱擎天似的在山坳和屏障里徘徊

2014. 12. 17

周 庄

摇城位于粮食　丝绸　和海
的交叉点
我们临水而居
竹器　脚炉　白酒
压住舟楫
像环水的街道
桥充满嗔怨的倒影

我见过沈万三的宅子
他招待贵宾的酥蹄
比文火的快船更骨刀
在波光粼粼的水巷中听船娘
吴歌小唱
阿婆吃茶之后　昆曲爬上墙头
水晶虾就弯成一条细眉

我却得到了一个黄昏和一座周庄

2014. 12. 18

泸沽湖

湖泊充满絮语
远处有猪槽船低声说话
那只失去了归途的丹顶鹤在女儿国

有格姆女神山最临近的庇护
有泸沽湖最直接的怀抱
沿后龙山脊的转山古道漫步
左看草海　右看亮海

在湖泊最深处的山谷
跟孤独的摩梭人一起穿过小落水村
这湖边的最后一个村寨
环湖公路的交界线
石子是云南　柏油是四川

而我们从芦苇之间划出去
去寻找需要走婚的阿夏
去寻找花楼上的花房半夜敞开的乳房

2014. 12. 19

扎什伦布寺

白色的佛塔
红色宫墙下走过年轻的喇嘛

我所有的信仰
都在阳光照耀下雄伟壮观

香炉上紫烟弥漫
贡台上油灯闪烁
你眉宇间核桃般大小的钻石

我所有的梦
都被你的眼睛绘成壁画

一张巨大的唐卡
在一堵高大的白色墙壁
绚丽或暗淡的颜色在不断地扩大

这里的一切都安详昌盛地虔诚着

2014. 12. 21

五亭桥

月亮落在瘦西湖上　如同
杜牧的诗　在扬州
五亭桥上有五座风亭
清风月满之时　如玉人吹箫

每洞各衔一月　金色荡漾
它是我乘船从桥下穿过的杨柳
所扬起的温柔

在乾隆钓鱼的地方可以看见
你横卧的波光
风月到此无边　胸怀何以
亭台依旧
只羡你烟水全收

在你身边　我愿用白色的盐包
一夜堆起
你想要的那座北海白塔

2014. 12. 23

束河古镇

以山名村　保存
那丽江坝子中最早的聚居
茶马古道上的重要集镇

纳西先民
从农耕向商业文明过渡的
标本　而我
面临田园阡陌
过一枯涧石桥
每一店铺
在四方街的广场
有一暗红色的木板门面，
酷似　黑亮青石上
闲坐老人的眼睛

耕牛在古老的村寨内健步而行
丛林般的粮架
耸在青龙河畔
构成夏夜
流萤和火把照亮的图腾

2014. 12. 23

羊八井

带着所有的寒冷　我
走进这世界　你已经在那里了
你　我热气腾腾　滑润的温泉
你接待我的旅行

湖水碧波荡漾
似袅袅轻烟的仙境
就因为我的到来
一切都已醒来　一切都开始沸腾

好一个直冲云霄的壮丽场面
十里之外都可以听到你的乐声
如岩浆从冰水砂层喷发
今晚我需要你　雾一样的热情

此刻我们是如此地接近
以至肌肤一寸一寸的相亲
整个天空　整座雪山都在远处
成为我们相爱的背景

2014. 12. 24

纳木措

蓝天降到地面
念青唐古拉山的妻子
站立　在湖中
湛蓝深邃的思念的漩涡

五个岛屿兀立于万顷碧波
凡去神湖朝圣者
莫不虔诚

捡些石头放在玛尼堆上
你是那寄托祝福的
经幡

湖水泛起心中的涟漪
一次又一次将你淹没

在那遥远的远方
有一个湖泊蓝得像白云朵朵
你每一次经过就是一次深情的
抚摸

2014. 12. 25

长江第一湾

从世界屋脊青藏高原奔腾而下
逆转了的江流沙松碧之柳
在你急转弯的
弧线里

到太阳升起的东方去
寻找光明和爱情
不管玉龙和哈巴两兄弟
怎样拦路
在毅然决然转身之际
一不小心显露了无尽的
温柔

石人和石鼓的金银
就藏在你夕阳下的江面上
渔网抛撒处
幸福的紫霭是鱼
从山峰下的渡口乘舟　如约而至

2014. 12. 27

套娃广场

套娃里　什么在套娃里
空无
套娃里面只有空无
它站着　站在广场

空无里面　谁在里面　商店
各类工艺品　装饰品
俄式餐厅　演艺活动
中俄蒙三国美丽的女孩
从三个方向望着国门

暮色降临　举剑的女神
水面上倒映着欧式建筑
你的眼睛　充满异国风情
走在色彩斑斓的夜景中
我把你的微笑藏进桦树做的套娃
外面再以我的梦签名

2014. 12. 28

布达拉宫

日光之城　拉萨　布达拉宫

你磕长头　匍匐在山路的
朝圣　我转山转水
转所有的
经筒　松赞干布迎娶
文成公主时的
相见

正如悠长的历史遥遥地呼应
归入一个依山垒砌的
花岗石楼群
雄伟如白宫　嵯峨如红宫
鎏金宝瓶　经幢和红幡
都交相辉映

具有无限雪域风光的山之宫堡
如壁画　浮雕　经堂　佛殿
那样歌颂着金碧辉煌
和神圣庄严

闭目在宫殿的香雾中　你可曾听到
我诵经中的真言

2014. 12. 29

同 里

桥　你人　和暮色的降临

灯笼挂起夕阳落下去
分清了水天连接部位
这里位于太湖之畔
古运河之东　宋代之始

东方的小威尼斯
镇外八湖环抱
一园　二堂　三桥
与江南的其他水乡相比
同里的空间宽绰　通透　醇正
穿心弄里阳光撞击而来
青石板当当作响

应该还有结着丁香般愁怨的少女
只是雨要么被茶楼舀去沏茶
要么留在罗星洲上　那一群
听雨的芦苇　芭蕉　瓦楞的耳朵里

2014. 12. 30

石库门

一圈石头的门框
围住
两扇乌漆实心厚木门

虽身居闹市
但关起门来
就有了安静的内室

也许是散落在各处的石库门
才串起了老上海
或长或短的
掌纹

每当我阅读你的时候
历史就变成命运
有人在门外一直敲着
那对铜环并不吭声

2014. 12. 31

丽江古城

以酒和失落　我只身去云南

我骑马过丽江　听见吗
我骑着玉龙雪山上的云朵
去束河　你在唱
这是
我们第一次相约　越过
千里迢迢的网络

你把我的手紧紧握着

用纳西语唱一首歌　回家
用东巴文把我俩的名字
写在可以保存千年的东巴纸上
写在巷子里的文艺小角落里
写在我们牵手去客栈的石板路上

还送我一个驼铃　说是
等回厦门的时候
我会像走马帮的汉子　思念
一个在木府失宠的王妃

2015. 1. 1

沙家浜

八路军的踪迹
消失在湿地
我用京剧把你们召唤
芦荡依然　湖平如镜
当年抗战的枪声早已远去

是桃源
但也不避世
罱泥篓爬上了
墙壁　阿庆嫂蒸糕的
屉架　纺车嗡嗡作响的
红石村　天开水镜

历史　我们读过　只是
一部分　另一半　散落在
阳澄湖畔
芦花放　稻谷香　岸柳成行
你穿蓝布印花罩衫　土布匝花围裙
我一路摇船　橹声咿呀　渔歌阵阵

2015. 1. 2

杭州，西湖

上有天堂　下有苏杭
我们有许多民间传说
和神话故事　说起过你
和西湖十景　谈论过
梅妻鹤子的孤山　不孤
谈论过　断桥残雪的
不断　也谈论过
南屏晚钟

这些都谈论过
我沿着春晓时的苏堤漫步
看夕照山上的雷峰塔　倒映
在平湖秋月的水中

曲院的风荷　花港观鱼
柳浪在闻莺
你的眼睛看着我　如三潭印月
你的两座山峰　插着云
我们之间隔着花期
为了最美的回忆
就只能在下一季　断桥相遇

2015. 1. 3

火树开花

自我装扮的
火树
伸向天空

九颗
芦苇在山谷中

绽放瞬间如烟花
绚烂像寂寞

大山肩膀怀抱中的
容颜秀发

在笑　在飞
轻盈透亮如蝶翅

一把把羽毛的扇
撩开了她的裙

2015. 1. 4

喀什老城

走在喀什老城
我遇见
一个蒙着面纱　穿着长裙的
维吾尔族少妇

她好像是南疆天空里
还没有结婚的星星

她有一双清澈　明亮
如秋水的大眼睛
有着高挺的鼻梁
微厚的嘴唇
她倚着半掩的蓝色家门
目送小孩去巷子玩耍

高台民居里快乐安逸的生活
厚重的黄泥墙内
铺着五彩地毯的每一个房间
好吃的馕　热茶　和果脯
善良质朴　又热情诚挚的
人们

我难忘的喀什　窄巷中

那荒原一样美丽的风情

2015. 1. 4

屋檐下的春天

我爱你
就像一串绿叶
风铃一般悬挂在屋檐下
没有表白　只有祝福
爱在沉默和盛开之间

我爱你
仿佛不开花的植物
把春天的光
收到本身里面予以隐藏
多亏你的爱
是那牵挂我的藤蔓

我爱你
只有这个方式
春天的小径上看不见你我的踪迹
但你的手就在我胸上
我的梦就在你发梢上亮着
这么贴近

2015. 1. 6

生命的姿态

在你高举的深红浅黄叶片的剑丛
我走过　仿佛一条青绿色的
游龙
仿佛天堂鸟的翅膀的键盘上
你纤指轻抚弹起的
几个跳动的音符

生命的姿态
是一种自然事物的缓慢舒展的
习惯
它们确定了我的梦幻
生长于旷野的春天

从高楼大厦逃离
是因为想唱一首歌回家
回到我童年绿色蒙蒙中的村庄
回到难以明辨方向的森林的阳光
回到我的大山瀑布你的溪流的地方

到那时我的手指会渴望你的芬芳

2015. 1. 6

苗　寨

有一片收割后的稻茬地
飘着一阵烟雾
有一群黛色或褐色的树
围绕着低矮的小屋
这苗寨多么静谧

小村那边
温和的老汉坐在门口小板凳上
抽烟
清晨里　玉米棒们都眯着眼睛
在屋檐下晒太阳　一串串
或一排排

我是一个箩筐　挂在门板上
我从石头砌的田埂
走向堆着草垛的打谷场

山在远方　牛在近处的空地
寻找冬日的霜迹
那是一缕晨光　照亮了我的村庄

2015. 1. 6

水和墨

脚下的山崖就是滩涂
和紫菜架

竿影中人　北岐海滩
你和那褐色礁丛
我是涨潮时忙碌的船只
与大海　远山　岛屿
浑然一体

退潮时　你的纹理
渐显秀质
把渔民的劳作游动成虎皮
我们带着韵律　积筑　和名字

水如墨泻地　漂荡的小船
已然沉寂　此刻没有霞光
只有层层波浪轻柔地
如烟地消逝

2015. 1. 11

水上人家

人家
水上的人家　我们在海上
建起了村庄　和邻居说说话
都隔着一片海

村里的小卖部
那一条低鸣的马达驱动的小船
渔排靠着渔排　连成片
你的邮箱里装着昨夜
我寄过来的浪花

我们曾经是岸上的
小木屋　在霞浦
选择好一片海居住下来
用橡胶做成方格状　系网
里面养殖着我们的欢笑
我们的鱼

生长　且为了不污染海岸

2015. 1. 11

小皓滩涂之一

音乐　刻在
滩涂的黄褐色里
黏稠的涓涓细流的
画布上　等待
你用眉笔把它绘在

我的掌心
没有彩霞映照的日子
海滩也会留下彩色
溢出树脂的琥珀

来　从手抵达我
海与沙枯水而坐
让岸上的一切　远离
你

我的心　此刻是
一枚被拾起的贝壳
拒绝游回另一种景色

2015. 1. 12

小皓滩涂之二

银色的波浪梯田般铺开来
那上面　插满了竹竿的旗
是渔民跳动音符的痕迹

海上的海带
已收获完毕
晚餐的蛋黄　一如沙子
在滩涂上　越煎越密

不远处　一根细绳
牵着已经上岸的船
涨潮了　仿佛你还在沉睡

那边　你丢下的感情
被细腻的沙滩分出两种层次
三种颜色　落进我四月份的缄默

2015. 1. 12

天路沿线

愿你的眼睛是草原上的
雪峰
我围着转山
愿我是天路沿线的苜蓿
沐浴着你
最灿烂的阳光

或者
我们换个花样

走出童话
给深色柏油路中间画条黄实线
静谧深远通向蓝天
跟飘过的白云和藏羚羊
招招手　　那是我
采集冬虫夏草时对你的问候

爱情　　似乎是一条天路
我们还在路上　　左右徘徊曲折

2015. 1. 13

北沟白桦

我们白桦林　为了我们
坝上秋天发出寂静又喧闹的
骚动
北沟　群山怀抱着
开阔地
散步的牛羊
那时候的低光可以投出斜影

白色树干如少女修长的身材亭亭

从我们的仰望中
陷落了　那些白桦树
团簇在
天空中
倒映成一片五彩斑斓的
梦
有些金黄色的树叶还能唱出朴树的
歌声

等你们回来　在那片白桦林

2015. 1. 15

树墩上盛开的花

以古老浑圆的年轮为梦
上面盛开着谁的泪珠
有手如莲花瓣托起
有光从上面向下倾注

木墩之马
鲜亮的少女亲吻我的脸颊
好让我一大早看见
太阳转着圆圈
一个红　一个绿　一个橙
从天空旋转而下

时不时放出炫目的烟雾

而粗心的树干早已离去
剩下的木墩在草坪上
抬起回忆的目光
把心捧着频频叩响

我是初生的树叶　但透亮如花

2015. 1. 16

115

版　画

版画　我心是泥巴
天色灰蒙
我曾用它培育蛤蜊
让你提着红色或绿色的
小桶
把暮光捡走

夕阳坠海　落入竹竿围网
人字形连接的音符
光彩已透亮了翅膀
直到你的船只也停泊其中
而我在滩涂地写下
爱的标识

云影　天光为你映射
灰蓝得像你的眼睛
潮水已从中消散
心事如螃蟹仍在版画中隐藏
仍在寻找一种叫梦幻的小鱼或小虾
作为食料

我因此为你踯躅徘徊　我来自霞浦

2015. 1. 18

金 碧

你眼睛里的金碧
金碧的滩涂
波光粼粼在远处
又见人字形的栏网
围着你的双颊
嬉戏

你眼睛里的渔民
被赐福的人
潮汐给夕阳戴上戒指
鸥鸟是金色海洋里栖息的
船只

当你的歌声姗姗来迟
傍晚捎来明亮的慰藉
我的手温暖了你的海岸
我们的相思终于点燃这片沙滩

2015. 1. 18

水　彩

看吧　这滩涂用一排排
摇曳的围网
在海中或泥中浅绛地
写下我爱的标记
你的眼睛
从霞浦那片天空
它还是那样迷蒙　要掠获
我的心

人字形的竹竿之林
蹑手蹑脚走近你的船
为了这个傍晚
你特意让潮水早退
还在灰黑的淤泥上堆砌了几条
青绿的草丛
你赞美渔民　那辛勤的人们

我想用细雨给你沐浴　或用风筝
拖走一条误入的快艇

2015. 1. 18

118

苦楝花树

满树花开　你朝我走来
我说
你的头发不是粉紫色的
你轻轻地把木麻黄
种在银合欢旁
一起生长

这个岛上随处都能见到的
野生的树　庄严与华美
你从枝丫上冲我微笑
我还在春天的欢呼声里
向你招手
我说
你的头发不是粉紫色的
你悄悄地把疯狂
藏在温柔里
亲吻着我

春天的叶子是绿色的　你的头发不是

2015. 1. 18

一抹清秋

比起木栅栏和红叶
秋天更爱我　它送我绿树
在远处下场雨　做个梦吧
说着就让阳光透亮叶片
还说
凋零并不是秋天的颜色

可我还是想　像藤蔓一样
攀爬在墙上
想成为一条小披肩
围在你香脖子上
有红有绿　或半红半绿
摸一摸它
木篱笆就要说话
隔壁石头的耳朵
你可听见春天留下的五线谱上
还有音符跳动

如我的心　在路过你家门口的时候

2015. 1. 19

火烈鸟

火烈之鸟其实温驯
喜欢成群居住在一起嬉戏
以泥筑成高墩
巢基在水里
我在盐湖沼泽之地　遇见
你们涉行浅滩

你们穿着洁白泛红的羽衣
脚上戴着粉色的蹼趾
天鹅绒般的眼睛眯着看我
把美丽的长脖子弯成 S 形
让我任意拍照

你们没有迁徙
把多余的担心和不能吃的灯光
倒映在水里
把我关爱的眼神吮入口中
徐徐吞下　开始窃窃私语
忘记在非洲飞翔的天空

2015. 1. 20

仙人球

梦是圆的　也许无法碰触
的花语是：
坚强　将爱情进行到底

一团团毛茸茸的球　扭动腰肢
或头挨着头　挤在一起
为了让太阳看见她们
伸出手

我把阳光给了谁
谁就把尖叫给了我

仙人球的帽子　羊毛绒织的
缀上两三朵橘红色的花
你戴着它像我的女王

我用沙漠为你建造了座爱的花园
里面有你一直寻找的干渴

2015. 1. 23

天 际

你眼睛里的高楼
站在岸边
环岛的路　架桥绕过
海平面

你眼睛里的山
远在天际
与白云在一起
一艘远洋邮轮　在分界线
被浪花追逐

那只是城市的一个角落
绿树不能遮住的
一排路灯
闭上你明亮的眼睛吧
在天黑之前
让我亲吻你流畅的嘴唇
爱人
让我在你秀发里呼吸

2015. 1. 25

滩涂之光

滩涂　退潮后露出大片心迹
金色夕阳　赭黄　白云如雪
翻滚到蓝色天上
捡蛤蜊的妇女在泥中行走
把海洋装进红色小桶

颜色对比
消失的浪花轨迹

把远处的烟囱和山峰
拉回到今天的近处
陷入沉默的我
化成石头　一根根礁柱
那么　有一种感觉美得荒凉
被海风和你的目光浸润
粘在海床上的木船
忘了远航

2015. 1. 29

雾浓顶

这是一片向后飘拂的云
为了终年的雪峰
一片把目光转向白塔的云
当我　仰面看着蓝天
忘了你已抛开全部的修饰
一切似乎回到了最原始
当我伸手想要触摸
所有赞叹的
言辞

这是一片在雾浓顶扎根的云
十三座梅里雪峰
就有十三座白塔迎宾
簇拥着成群的白羊在天空
天堂真的在这里降临了
而你
依旧是一轮太阳闪着一圈光亮
走上观景台
跟雪山说说话　那是你
从我手上接下的飘飘雪花
和洁白哈达

2015. 1. 29

忆库尔勒

你跟我回想
库尔勒的天空　金黄的胡杨林
我们向维吾尔族姑娘寻风景
它们生长在沙漠里而倒影
在塔里木河中
我们走在河汊两边
胡杨林把蓝天白云
一起揽进水里
溶为一面狭长的绿色镜子
我们听着飞鸟的鸣啼到湖滨
水面宽阔中露出一截沙丘的光晕
绵延的胡杨林啊
沙漠上人类的卫士
幸运的塔里木河啊
映照着他们　三千年不倒的传奇
美丽的维吾尔族姑娘啊
我看见你站在库尔勒风景的亮光里

2015. 1. 30

重庆人民大礼堂

大礼堂
是北京天坛的穹庐金顶
嫁给天安门的圆柱望楼
再带着紫禁城四个塔楼里的孩子
来到重庆马鞍山六重梯次上
落了户口

后来还有了
草坪与音乐喷泉的广场
不再仅是
金碧辉煌　雄伟壮观
当琉璃瓦顶遇见大红廊柱
又勾上白色栏杆
历史就已经把惊叹
建筑在山城之巅

不管是唱红歌　还是打黑流氓
拂去沾上的尘埃
明珠就会透出应有的光芒

2015. 1. 30

暮归满洲里

下了大巴
我看见我的太阳
坠落在满洲里的街头
我看清了它的光晕
与一辆货车驶过来的灰尘
搅拌在一起
那也是黄昏的　黄昏的街景
渐被黑暗吞噬

那根高高的灯柱还没点亮
我看见四散的乡愁
正从街角汇聚在一起
夕阳的光芒请步步跟紧我
我不想一个人
迷失在陌生的旅途里
荒凉流淌的记忆
沙　领我穿过长街的脚手架
夜　替我把家投向新的陆地

2015. 2. 2

南京 1912

不管你逛的是哪幢别墅
这青灰色与砖红
相间的建筑
你造访了
民国最繁华鼎盛的时期

不管你现在看到的是哪种
时尚休闲街区
都是在打造
一张城市名片　上面
写着 1912 中华民国元年
仿佛孙文正在后面的总统府
宣誓就任

不管你在酒吧唱出哪首歌曲
都是在感谢历史
曾经有他

2015. 2. 3

逆 光

逆光　呈扇形在海面上
金箔的颜色　一如超声波
回家　仿佛太阳已经沉睡

金色闪烁的光芒铺到远方
那上面　站着我的新娘
我的新娘在木船上
帮我收拾要上岸的渔网

那束灯光从海上来　照亮了
缄默的堤岸在中央
每一片汪洋上
漂流的人回到他的故乡
那影子如同礁石的花瓣
飘下　从夕阳的眼睫毛下

闪闪发亮吧　梦想　我们离得很近

2015. 2. 4

云彩下的渔村

有一个傍晚
云彩成了你放的天灯
山下的家成了
你看得见　不耀眼的渔村
你的眼睫毛变成了
那一丛水草遮掩的鱼的游泳

有一座村庄
我想拎着皮箱从山上走下来
把海边的孩子领回教室
让白天的沙滩长出一颗心
心长出一朵彩云
让打鱼的父亲们数着星星
今晚收获颇丰

古老的乡村　我是一幢新房子
莫名而又幸运地充满了
你的宁静

2015. 2. 5

馒头山

海之思　默然　在馒头山

你的波光　粼粼
我看见
一条小船在海面上
迷失
竿影　如睫毛丛
浮子散落
如五线谱上的音符

淤泥积着岸草
礁石清寂
你来了
穿过所有季节的滩涂
爬上围江
乳头上的这面斜坡

海还在等候涨潮　海带已收割
我只有扛着你的渔歌

2015. 2. 8

水映霞光

独自像一棵树
站在桥的拐角处
寂静欢喜
与你
见与不见
都无法喇嘛千诺
只是愿你的张望里
有一座小灯塔
和一首风雨的弦歌

爱你
并不是因为你的水里
还映着霞光
看见海时　你在海边
看见桥时　你在桥上
如果你能把梦之船
泊在我的心上
我就能成为你夕阳中的港湾

2015. 2. 9

暖　阳

我们踏遍了五缘湾
我们直奔湿地
有人从那边草坪踩出
一条无人的小道
不是我们聚到一起的
那蓬橘红或柠檬黄的花

绿叶已纷纷举起了手掌
向上迎接着暖阳
啊　很温暖
也很通透的颜色
在盛开
仿佛能把盲人的眼睛点亮
跟太阳说说话吧
那是我们
捕捉到的昨晚的梦话

2015. 2. 11

水色黄昏

暗下来　天有些灰蒙
你的电流
从高架的电线杆上开始传输
越过高山和滩涂

真是
拿你的美丽没办法
你坚持把金色的海面当作镜子

在城市
被你点亮之前

水色黄昏
我看见一只小船在你身上
划出一圈波纹
或是　静谧的回声

2015. 2. 13

深山红叶

带着一丛丛的
火焰
我们站到
摩崖石刻的下面
像一棵黄栌或枫树那样朦胧

给山谷以层林尽染的轮廓
我们就在霜降前后
树叶变红　连成一大片
色彩斑斓地
从你周围的山坡爬上来
如火如荼

它的心迹敞开　它的纹理通透
我要把相思像一枚红叶摘下来
过塑　寄给你
成为秋天那本书里
不会飘落的
书签

2015. 2. 15

秋水宁静

我们身在何处
今天

草原　所有的
树林褐黄
白色枝干伸出手掌

沿着一道道山冈
一群小鸟在丘陵中越过
寂寞的坝上
湖蓝色的涟漪的
波纹底下
露出黄色沙窝的秘密

枯树枝如螃蟹
没有爬远

我们如蒙古包坐在树篱中
我们如蓝色水银在黄色草丛里
宁静地流动

2015. 2. 17

金帐汗

有情绪的云
遥远的渐进的苍茫
白色的蒙古包群　一如昨日
金帐　仿佛你还在沉睡

草原绵延铺到远方
那绿色上面　一望无际
是一代天骄秣马厉兵消失的
痕迹

现在　行帐的
缩影和再现
从河谷中会屯山射出的箭
暴风雨般刺痛敌人
辉煌的胜利写进
那段历史

天然的牧场　游走的牛羊
风吹草低的天空下
我们的惊叹如马匹
在成长壮大　繁衍生息

2015. 2. 19

云的畅想

云朵　越来越密
白鸽的颜色　棉花
成群地飞在山岭之上
哪来这片天空的蓝
在草原上面　下面

或旁边　你在畅想
会飞的海浪　卷出
呼伦贝尔映象
绿草茵茵　毡房点点
天空更近了
我就在山坡上

马匹在远方
一千个蒙古新娘
一千个我是今晚的新郎
草原是云朵繁衍　生长
嬉戏的
床

2015. 2. 19

珍珠梅

拍珍珠梅
拍摄那细密如花的情感
把我也照进去

我曾寻觅你的眼睛
在朦胧的绿丛略显的黄晕
我看见一根隐蔽的枝条
上面挂满你想象的珍珠
它有白色花瓣的纯洁
红色花蕊的温暖

我要在你平淡无奇的回忆里
做一串闪闪发光的珍珠梅
让你美好地相信
即使是在少花季节
我也会凌霜傲雪
清香袭人

让我走向你
那些不该忘却的夏夜的呼吸

2015. 2. 20

柔光醉色

你总是有一大片无法说出的
你想说的话
春天来了你可以说了
枝条垂下来却
没见你说什么
只冒出几绺嫩黄叶

春天的迟疑在于
闪烁的言辞是否能表达爱意
细碎的光芒
在你手上数着金子
把虚化的影和水
回忆

活着　活着　又一个季节
醉的是柔光　碎的是沉默
别在我的枝条上找你的花朵
别在树下等佳人的回音
别在今天的光斑里寻找昨日的泪痕

2015. 2. 21

空山新雨后

空山新雨后

是否天气晚来秋

听我　如一盏风铃

悬在古寺的飞檐

既不摇晃　也不言语

却有一枝黄叶的树条伸过来

聆听它的梵音

听我　如一尊雄狮

站在高耸的石柱上

叶子红绿相间地从屋脊旁

好奇地寻找　眺望的答案

听我　如几瓣被雨浸湿的绿叶

簇拥在一起　透着亮光

脚下的石块　面孔模糊

排成一条窄路　通向未知

听我　如一堵蓝色的崖壁

盛开雪花

在黄色的叶片丛中

那紫色的耳朵

听我　如一竿倾斜的竹子

张开手指　光如水珠

要滴落下来

听我　天气晚来秋

是否在空山新雨后

2015. 2. 22

浅水湾畅想

财富　为了你
多少人在刀锋上行走
你是那依着山坡建筑的豪宅
又是浅水湾里停泊的游艇
娱乐头版爱你的女星为你频频
泄露了春光
你用欲望把无数沟壑填平
或加深
却又用希望把紫荆花
从会展中心海滨花园升起
仿佛太平山的夜景　海洋公园的
海豚　避风塘内的舢板餐厅
似中环摩天大厦下穿梭的人群
买金购银　也充满喜悦的憧憬
这是一个生气蓬勃的都市
我在港岛之南　东方的夏威夷
而浅水湾的众鸟们却渴望一路向西

2015. 2. 23

蜡 梅

在百花凋零的隆冬里
我期待再见你的花蕾
在庭院古桩的盆景
茶室插花与造型的瓷瓶
或在你手上
严寒空气里生出的黎明

先花后叶　一朵一朵的
鸟群寻找着蓝色的天空
被白雪融化掉的记忆的岁月
谷粒安静伫立在村庄
雾气金黄似蜡
朦胧着太阳的光晕
漏窗透景的私家园林
假山穿越时空
你成为冬天里聊以慰藉的温暖

我祈求心灵的春天
从你的枝头　热闹的芬芳来临

2015. 2. 23

你的名字叫作红

我喜欢你是红色的
仿佛一幢红色的别墅
旁边有灰色的楼梯一层一层
向上爬去
我的脚步触不到
你浴室的地毯

我喜欢你是红色的
仿佛一架红色的屏风
中间方格塞满白色圆形的鼓
靠在上面
我的耳朵听不到
你心灵深处的回声

我喜欢你是红色的
仿佛一堵红色的院墙
上面屋顶有绿色的琉璃筒瓦
无法访问
我的手指摇不响
你朱漆大门上的铜铃

2015. 2. 24

秋上百望山

我喜欢这里的天空是蓝的
没有雾霾
喜欢林子里坡缓路平
甚至　我也喜欢这里寂静的孤独

这是在京城　西北郊的一座小山
杨六郎与辽兵曾在山下大战
佘太君站在这里山脊
望儿助威

我想念那个北漂的歌手
想念她的任性娇纵
曾在半山腰让我背着她走
而那些　让我在回头石前停下来
凝视

曾经熟悉的绿叶子红透了
是否就变得陌生

2015. 3. 4

蛤蟆坝夕照

蛤蟆坝 在内蒙古乌兰布统
那一块高起的平缓坡地
三边是沟
阳光好的时候
坝上满是摄影的人们
夕阳依山就势 轮换照着
远山 白桦 草地 牛羊

这时候我就把自己放进去
像马匹散落在草原
在秋天的坝上
躺在一棵榆树下
读你的诗歌 或
什么都不干 看天看看云
看树木的空隙里
用木栅围成的
圆形或矩形的羊圈 牛栏
看茅屋草舍和新盖的红砖瓦房

对你的思念就在鸡鸣犬吠中
炊烟袅袅

2015.3.8

148

贾登峪·暮

我能否　在这一片青色山脉下
为自己　找到一幢红顶白墙的房子
喀纳斯的山庄坐落在这里
看上去像瑞典的村落

当暮光把远处的毡房围成
心形的圆圈
山脚下数点的蒙古包
显得有些孤单
一群马匹在没有栅栏的木桩线内
散步　或沉思

日落之时　余晖布满草原
金色的光与影延伸
我能否　在这一片红顶白墙的房子中
为自己　找到一位旅途上的知音
满是背包客的森林里
你像蝴蝶一样飘动
看上去恍如昔日的情人

2015. 3. 13

东巴万神园

背靠玉龙雪山　神园正门
两个巨型图腾柱
与雪山主峰
连成主轴线

轴线中依次排列　分布着
三个巨型法杖
两道神门
三个东巴至尊神
落入另一种神秘的风景

神图路两边广阔的区域
声音来自纳西先民的内心
朴素的哲学理念
人与自然的精彩想象
雕刻在老木头上
成千上万个神偶

起立吧　众神
从世界
与人生的内涵中站出来
用时间的涓涓细流　去阅读

2015. 3. 15

陪你一起看草原

陪你一起看草原
有多少风沙迷雾需要
把内心和盘托出
有多少次生命里的每一秒
每一个瞬间需要
细细咀嚼
阳光翻到这一页
围栏里没有了山坡
该出生的白云都出生了
河流　没有发出水声
草原归还了所有的骑手
牛羊　已化为一辆辆车
低速驶过
蒙古包都还没有到来
红砖瓦房低矮又安静
你在马背上看我
脚下就开满了紫色的花朵

陪我在这万顷绿色海洋上冲浪吧
亲爱的　请陪我过一种永远不会厌倦的生活

2015. 3. 15

洪崖洞

飘渺的　是你依山临江的仿古建筑群
隔着倾泻如帘的流水瀑布
我依然能触摸你
山城的青翠

千厮门　花包子　白雪如银
我曾在这里装卸货物
盐　纸　棉花　煤炭
还有茶馆酒店里的猜拳行令

洪崖洞的名字就像一串串红灯笼
在瓦檐下点亮自己
前方奔跑的　是高楼林立中的长桥
后面　是巍峨凌虚的吊脚楼
如今已无贫民窟

千与千寻之间　摩肩接踵
我站在川流不息的嘉陵江边
蓦然回首
又见你灯火通明　胡琴悠扬
夜阑方休

2015. 3. 27

港岛之旅

旅游有何益　爱情道路艰难
美人如织　你在画廊深处

梦想的敲门声与我相距万里
你温柔地把相思的珍珠
撒布香江满地

通关入境　双层巴士穿梭
街道笼罩在商业的繁忙中

这酒店呈现张开的大字形
是谁用天空的蓝把它装饰

红砖墙下每一扇葵形植物
都把绿的火焰向上举起

圆形的楼梯一圈一圈沉到底
亮灰的走廊光洁了墙壁
众宇齐鸣　一片灯火通明
不夜城的港都洋溢着春光

是你　在夜灯初上的咖啡馆等我
等我　如一群空空的座椅

2015. 4. 3

剑之舞蹈

剑之舞蹈　文曲星下凡的金陵文庙
负载着秦淮河微微摆动的桨声灯影
那万仞宫墙和照壁泮池
冶山的银杏仍在吹拂
朝天宫空荡荡的走廊四周

雪之波涛　遴选出的两个主角
一个朝烟　握着一把霏青的铸剑
一个夕霞　撑着一柄酿紫的油伞
御碑上的诗词飞涌而来
然后和浮雕的云龙一同消失
那一场风花雪月的事又回到明朝

冬之孤寂　我在厦门海边等一场初雪
如同一块岩石等候千年的爱情
我的剑已开始今冬雪之舞
东坪山上的三角梅　因此簌簌花开
植物园里的鸟鸣因此扑鼻而来
那柄伞下红色凝望的甜蜜　却尚无消息

2018. 2. 10

暖 冬

哦　女孩
请给我讲讲暖冬里的美好时光
树是不是有点枫叶的红或柠檬的黄
穿裙子是不是还有点夏天的凉
你变幻着姿势
像幸福的火车准点出发
在暖暖起雾的阳光下
冬日梦想　或者不想
一条铁轨是不是因此迷失了方向
脚下的路就是我的家
无疆的行走总是让人牵挂
道路总是向远方延伸
流动的金子　在大地的肩膀上
白色绒帽下的红唇
是一朵我想亲吻的腼腆的花
哦　女孩　请听一下
关于暖冬里的恋恋心声
已回响在并肩远行的铁轨上

2018. 2. 1

一个月亮

怎样的洞穴突然出现在我身边
让我变成大地眼睛里的瞳仁
怎样的睡床吊在两棵树之间
让我想从小木屋的烟囱爬出来
我几乎听见山丘旁仙人掌的呐喊
我几乎被一根枯枝戳破昨日的梦想

你想为我建造一座神庙的废墟
一座现代帆船的建筑　当爱来临时

在你的急转弯前我久久悬停
你把我从一切公路上的寂寞中赶走

但此时无尽的夜守护我
乘坐有桅的帆船我从大海上逃离
又不小心掉进你天眼的陷阱

这样的经历来自同一个我
我被自己的 365 天变化所诧异
你又像一架莽撞的飞机带着怎样的轰鸣
竟公然驶进我的寂静

当我躲入云层
就有一位词人把酒问青天

当我来到太阳地球同一条线上
就有无数人在钱塘江观大潮
当我走到你的跟前
你还在犹豫
问我是否戴着蒲公英的面具

我会懂得怎样在你节日里出现
我会为你送上一段祝福的话语
一个圆圆的月亮
一只会变脸的鸟
一首沙漠蓝调的歌曲

2018. 10. 4

没有走婚，你和我生活

没有走婚　你和我生活
像摩梭族
而且带着各自的寂寞

不只在西藏　这里
祈愿的经幡也在飘扬着
在玛尼堆上
在每一个藏传佛教的信仰
在歌唱　歌唱
在吹过我们草海里
每一根微风摇荡的芦苇上

无论情人桥　无论王妃岛
我们都只是路过
归来吧　走近一点
划着你的猪槽船
因为我的内心也有一座湖泊
比泸沽湖还湛蓝清澈
只要　只要你肯
像格姆女神山一样
日夜凝视我

2018. 4. 6

周　庄

我要到中国第一水乡
到咫尺往来　皆需舟楫的江南
到陈逸飞油画中的双桥
去看他心中怀抱着故乡的回忆
怀念
那丝绸　刺绣　竹器　与昆曲

迷楼上没有隋炀帝欲望的宫娥
只有柳亚子南社的诗歌

依水　傍桥　设酒临风
贞丰里那商店毗连
贾客云集的街市
寂寞的是杨柳十里
不见你的踪迹
波光潋滟的往事
在阁楼轩窗的掩映下
幽房还是曲室　玉栏亦是朱楯

继续回溯　向着你
在苏州与上海的水上边界　望见
那片庄田　那沈万三囤粮之处的东仓
只要意识到急水扬帆
就有一个饭钵为之开花

开在他脚下的聚宝盆里

我看见那张厅　轿从门前进
船自家中过　去吧
去品尝莼菜　虾糟　万三蹄
去寻找全福讲寺的晓钟
你已听到白蚬江上的渔唱
你已得到南湖的秋月　丝弦宣卷

庄田的落雁　东庄的积雪　默默地
一年四季喝着阿婆茶
在水巷中摇橹的船娘吴歌小唱
在河中行驶　与你同行
双桥之下变得优哉游哉的古镇风光

2018. 4. 11

成　都

窄巷子　站立在宽巷子　锦里在何处
在天府广场的眼睛里
在武侯祠的左手边

辣翻的　川菜　变脸的　川剧
蜀绣　蜀锦　蜀地的川妹子啊

我没有盆地（它泡在都江堰灌溉的水里）
我没有雪山（窗含的西岭千秋雪是门泊的东吴万里船）
我没有传说（先人在金沙遗址留有一些金玉印饰品还没被
　　盗走）
我没有经书（你叵去文殊院瞧瞧）
我没有住所（曾有一间草堂，在秋风吹破后大声疾呼
安得广厦千万间，大庇天下寒士俱欢颜）
我没有爱情（它被你藏在心中，迟迟不肯交付）

青羊宫　昭觉寺　望江楼　百花潭
听酒吧音乐　喝大碗茶　会掏耳朵的川妹子啊

今晚我收拾起行李　去双流机场　去西藏
茶马古道的另一端
只有成都　这最具幸福感的城市
才能理解我
这一路上的孤独

和孤独中对你的魂萦梦系

2018. 4. 12

普陀山之春

舟山的普陀洛迦
西藏的布达拉
如来小白花的芬芳　我的心
渡莲花洋朝山进香　以此来
渐入你的禅境

哦　彼有菩萨　名观自在
你曾为我在短姑道头投出踩脚的石块
我用千步金沙的海潮音表达心声
四方信众　听你的慈悲召唤
观音诞辰　出家　得道
你的海天佛国　寺院香烟缭绕

我的姻缘呵　从厦门的海边
走到世界屋脊的西藏
别让它像船搁浅在莲池夜月
像橘子消隐在茶山夙雾
令其心悟　而得成就
我要把梅湾的春晓放在磐陀的夕照
给法华灵洞以古洞潮声吧
朝阳涌日　光熙雪霁　天门清梵
你可听见我在三寺：普济禅寺　法雨禅寺　慧济禅寺
三宝：多宝塔　杨枝观音碑　九龙藻井
三石：磐陀石　心字石　二龟听法石

三洞：朝阳洞　潮音洞　梵音洞
留下的祈愿和真言

或以布施　或以爱语　或以利行
在这海岛上　你的注视
永远是手中杨柳瓶里的几滴甘露
为霖为雨　一洒万物皆春
我愿连诵三声
南无阿弥陀佛
哦　普陀山之春　已来临

2018. 4. 13

西湖印象

郁金香　从荷兰的
风车下吹到
雷峰塔对面的南山公园
本出自一树玉兰花的嘴唇
你需要
每一朵燃烧的春天誓言

凋零的白色樱花
我错过了你盛开的季节吗
从池塘的静水里
仍然可感触你深藏的眷恋
来到苏堤或白堤的那些垂柳　转眼
又是灯火初上　这半圆的拱桥
这倒映在水中的房子白墙黛瓦

会有什么邂逅　将来
因你而璀璨
并且上升
成为我仰望一生的月亮

从朦胧的夜色中
我站起来
凝视你的脸和身段
看她怎样变幻出

一湖秋水微波荡漾　又烟雨蒙蒙的
西湖印象

2018. 4. 14

大　理

苍山
流下十八道溪水
汇聚成耳朵形状的海

那个想做和尚的皇帝
用它的沙石　糯米
筑了崇圣寺
三座塔的希望　矗立千年

只见雪花银　缅甸翡翠
在鲜花饼的纸袋里

闪光　当下关的风
上关的花
苍山的雪
洱海的月　升起
我思念你
在大理古城酒吧民谣的歌声中
在太阳宫　月亮宫的双朗镇
在梦想开始的地方　如泉涌蝶舞

你斟给我三道茶
在洱海游船上

我还是不能越舞台一步
把唱歌的一朵白族金花
掐成我今夜的花房新娘

2018. 5. 9

丽　江

为了木府的王妃
我把所有祈愿的风铃都写上东巴文字

没有半梦半醒了　站在
玉龙雪山最高的观景平台上　壮观　缺氧
如在蓝月谷　看见一个又一个泉塘彩池
却不见你的美丽倒影

想与你一起敲响手鼓
与你一起吃包浆豆腐在四方街头
鹅卵石一样光滑的岁月
在民房群落　瓦屋栉比之下流淌

你不会成为一朵海棠　盛开
在我今晚下榻的束河古镇客栈
而我　亦不会是一株柳树
在你曾光临的丽江古城酒吧
冒失地寻找偶遇

黑龙潭的玉泉水啊
你总是这样兀自地穿街绕巷

2018.5.11

169

路过汶川

从大山里走出来的海子
手里有光
从黎明处走去的心灵
废墟上的敬礼

路过汶川
路过汶川地震十周年后
满满希望和慰藉
这座曾被尘土没顶之城
如今　沙子镶边　如新时代画卷
惊叹不已　在岷江边上重新崛起

高原上的杜鹃花开
在被撬起的石子路面
在五彩的水池里　在黄龙的森林
在九寨沟的长海　心眼明亮

谁能踏着废墟上的悲伤站起
哪怕用一条腿　一只手
谁就赢得一种强光般的
生命

雪山在远处给他指路
夜里　穿过人生的沼泽和失落

勇士喋血但不哭泣
经历了废墟
经历了所有志愿者的悲喜
与你同在　与你同飞
一个世界疼痛的收获
无悔的青春叙述汶川之祭
在全国人民目光关注的地方

路过汶川　我用一首诗向你们敬礼

2018. 5. 14

爱情支流

爱情支流

流进谁的内心会变成沙漠

谁的内心又会变成沃土

我们始终还是我们自己

那条被我们称之为爱情的河流

在周围转来转去

被你像都江堰的鱼嘴一样分流

却不为灌溉　只为排洪

如青城山风水墙上的道字

如峨眉山中峰寺里的武字

那唯一的秘密

它倾听自己　倾听

一片云海中的金顶日出

一片翠碧中的月城湖　上清宫

一片三江汇流处摩崖石刻的乐山大佛

显露出机灵无比的藏酋猴

还把它抢过去　当饮料喝了

爱情支流啊　所有山的影子

都不知已倒映在水的温柔之乡里

听得见又听不见的游客啊

这时都来成都平原

拜水　爬山　问道

却不知得道之人

已走在宽窄巷子的熙攘人群中

2018. 5. 18

杜甫草堂

我一直想远离自己

接近你

从厦门海滨　到青藏高原

再下成都平原

我一直在向一间草堂靠拢

从城西的浣花溪畔　清幽林塘

到水井水沟　灶台上的陶瓷器皿

我只寻找

你流寓成都辗转跋涉的踪影

在林下听鸟　在水边踱步

在花间品酒　在窗前读月

你避"安史之乱"的身心始得安顿

诗在你的生活中

始终像一把火在木头里

是蜀道在山顶地平线上的拓宽

是自由个性在颠沛流离人生中的弘扬

孤独的伟大与凄凉

不只是一首《茅屋为秋风所破歌》所能传唱

隔着浩瀚岁月　在这草堂一隅

在这花径尽头　青花瓷片镶嵌而成的影壁

我看见一位样貌清瘦而孤高

目光深邃而高远的前辈

在攀越自我　生存　呼吸

永远是这间草堂

让无数诗篇成为人们心灵世界的宝藏
北邻的黄四娘家啊　花已满蹊
却不见那时时舞的戏蝶留连
和自在的娇莺　恰恰啼
这里　已成为游客购物的茶馆
我走进去喝了一杯竹叶青
喝了一杯青山绿水
想再喝一瓶
能像你那样写流传千年诗歌的墨水

2018. 5. 21

河西走廊

我来这盐湖
不为人世间不灭和永恒的爱情
只为你留影时扯起的裙摆和飘扬的红头巾
我来这盐湖
不为周边高山草甸变身狼毒花的盛宴
只为你的足迹能聆听我心中思念的卤水
结晶的声音

天空之镜　当我带着雨水的遗憾结束行程
你却放晴　把西北局域的光洒下来
黄的沙漠　灰的戈壁　白的雪顶
绿的山坡　紫的花海　蓝的天空
谁的心中守护着一隅安宁的孤独
谁的指尖又抚触你肌肤的沁凉

我得以在莫高窟窥探敦煌的辉煌
在嘉峪关俯仰之间众峰哑然
尽是流沙河无声的呜咽
我得以在香日德班禅的行辕
看见历史的风雨沧桑
在卓尔山看见祁连草原成群的牛羊
如门源的油菜花流连忘返
在德令哈那座雨水中不再荒凉的城
关心人类不只想兰州一带的小麦和

远方的姐姐

河西走廊　青海湖不会熄灭我的爱情
只会像张掖五彩的丹霞　日升日落
只会像鸣沙山下那弯月牙泉
相互渗透代替人间蒸发
茶卡盐湖上的采盐船啊
相望时才是一对情侣
生锈时只是孤独的两个男女

被时间挥霍的都兰
今夜我走向你　像一条铁轨寂寞地
走向盐田中央
你还会像沙雕一样在门口
玉门关一样在戈壁守望春风吗

2018. 7. 10

老北京的心

老北京的心　冰棍为你建长城
在慕田峪和八达岭之间
你吹糖人
和杨柳一起来到北海那边
用那里的荷塘月色
吹出什刹海的灯红酒绿
中南海那位进京赶考的伟人
将一面五星红旗
高高飘扬在天安门
颐和园内
慈禧灰蒙蒙的脸边听戏边想
既然什么都无法带走
就留下一座故宫
还有讲述明朝那些事儿的
十三座皇陵
去前门老舍茶馆喝碗花茶吧
全聚德的烤鸭和景泰蓝的掐丝珐琅
站在西单商场的天桥上
相信三里屯和王府井也是一样的
人来人往啊
摩登女郎在其中如昙花一现
那些混迹在京城的北漂
在人行过道里　抱着吉他
相信今晚会娶到崔健的花房姑娘

槐柏合抱的树下草丛里
还会有李莲英喜欢的会唱曲的蝈蝈
想想　我还是一无所有的
那个从前的我
老北京的心啊　还在想侃大山

2018. 7. 15

天津之眼

数意式风情街袒胸露乳的雕塑
数数五大道曾经的英租界
把你也数进来

我遍寻你的街道　只为走进你的眼
我捡拾过岁月的瓷片
上面沾有你的眼泪
它贴上小洋楼变身瓷房子
有一栋别墅里你会遇见
张学良与赵四小姐传世的爱情
只有在静园　你才会看到
中国第一位离婚的后妃
末代皇帝溥仪迷失的走向
自己无法复辟的皇位
于是清朝遗老遗少民国总统总理
麻花一样拧在一起
需添十八味中草药
才不会让你吃了上火
那渤海湾的涛声依旧如煎饼果子
隐约在你心中乡愁般波澜起伏
于是一艘艘邮轮在暮色中来了又离去

让我变成海河　穿城而过

让我变成海河上空眺望的天津之眼

2018. 7. 17

走过太古里

不是信仰诗歌的一个拜金时代
感到自己的语言
穿过一些日子黑暗的隧道
在我看来和今夜的太古里一样
美丽

你的漫步　春熙路的转角回想起
雪域高原上离开庙宇的喇嘛
处女的乳房是否仍在晃动着他的渴望
在财富中心每一个路过的美女呼吸里
我寻找过你　你是 Dior 包裹的曲线
是光之喷泉　是喜悦的房产泡泡

旧民居还未全拆　新思潮还未全拒
你来了　带着各种奢侈品牌的微笑
亲切地慰问每一个大山里来的孩子
将要开放的格桑花带去西藏
并叮嘱他们盛开
像每一条小溪来自雪山
都会成为大海

而我只会成为船　一艘无法靠岸的船
因此心中有了大海的迷茫
红酒在流　这是夜的另一种深度

用你的嘴唇碰触杯沿　她说　忘了吧
忘了你心中蛰伏的兽

2018. 9. 2

西塘慢

水乡梦　西塘慢
在这样的一个夏日
我坐着船摇进
一条河两条街的地方
沿途杨柳青青　天空湛蓝
这是水乡所习惯呈现的样子啊
石皮弄　烟雨长廊
如果此刻有一位红衣女郎
拐进西园游览
像是居住在我心灵的客栈
我会想给她一个完整而平静的空间
那盏廊棚下的红灯笼
黑暗中浮动的亮光
将映照着我们
夜夜双手相牵　额头相碰

从前慢　忆西塘
在这样的一个夏日
我又走进水乡
不是为了寻找脚下的路
脚下的路已淹没在远方的思念中
如果让思念加倍
我也会想把它重复刻进根雕
也许等待某一天你的光临

看见它低头如窗台上的玫瑰

在一片水乡蓝色宁静中

金铃子　无花果　白丝鱼

你爱吃的水果与河鲜

我已让它们在沿街叫卖了

2018. 9. 5

我在无锡等你

　　看　通向你的道路都已关闭
　　或者说从未对我开启
　　让我迷恋　芳香的回忆
　　是南长街的灯影
　　它倒映在古运河的桨声里

　　为什么你要用沉默覆盖
　　我在拈花湾发出的拈花短信
　　我们都已到达一种年龄上的禅静
　　在灵山的梵宫前
　　太湖航行着七桅帆船
　　而莲花瓣中的太子
　　九条龙为之现身喷水灌浴

　　你不再到这鼋头渚来吗
　　仙人居住的岛屿仍有月老祠
　　隐藏在湖光缥缈　溪水涟漪中
　　隐藏在错落其间的七十二峰
　　隐藏在我兴尽晚回舟
　　误入的藕花深处

　　这对你已经足够吗　当青春
　　像琴音一样行行消失在伯牙手中
　　范蠡已携西施泛舟而去

留下我在无锡等你

如诗

如画

却也空空如也

2018. 9. 15

有时候，我想

有时候　我想　离开这里
这座我无法遇见你的城市
我于是去了岛屿
一片汪洋中的陆地
在山坡草丛中我擎起你　我打开
风车的手掌
或者像渔民一样晾晒我的呐喊

如果这座岛屿不同于陆地上的山峰
攀登吧　壮美而奇秀的黄山
大小迎客松站在悬崖峭壁上为你欢迎
说吧　我只不过是渴望的西海大峡谷
这些就是小火车和飞鸟的轨迹
说我是造访的云朵或瀑布
但是　你不在那里

我于是走到山脚下的村庄
宏村　西递　南屏
我走进一群学生写生的画中　看见
有导演把祠堂当作染坊
讲述一个偷情的女人名叫菊豆
还有千万枝爱的竹竿在卧虎藏龙的脚下
摇曳如蜻蜓点水
粉壁　黛瓦　呢喃的马头墙

彼岸之花啊　未来的脸庞
会有一个约定的地方
有时候　我想　苏醒吧

2018. 9. 20

愿

愿青山隐隐
在白水迢迢扬波的天际
西辞黄鹤楼的孤帆之远影
从烟花三月的扬州大运河上穿过

愿那为秋风所吹破的茅屋
站立着像一座个园
愿那吹箫的玉人从二十四桥上
照亮
冷月无声的瘦西湖

愿金山寺的水不再漫过来
在这个你我重逢的西津古渡口
愿怀古的北固亭
在辛弃疾的词中依旧传唱

愿平山堂前的垂柳
别来几度春风
愿京口瓜洲一水间的舞榭歌台
因为我们的光临
风流不再总是被雨打风吹去

2018. 9. 21

2019 年寄语①

我只剩下了一杯奶茶的清纯

我只剩下一只手机

上面还没删掉的五条微博

昔日甜蜜回忆的聒噪

在明尼苏达州大学校园的簇叶之间

我不知道把老公忘在了哪里

也许是和京东的股价一起

在传闻中奔流

在雾霭的泥沼中跋涉

在女生公寓中

摔跤　跌倒

爱迷失了

爱的眼睛短暂地失明了

这也许是我最傻的一年

我找不到更文雅的词来形容了

过来吧　同学和媒体的耳朵

凑近我的嘴

我要告诉你们一个秘密

一个 2019 年的新年寄语

有一个奶茶妹妹并没有变成抹茶

她只是把自己的手

与另一只大手和小手叠在一起

---

① 改写章泽天的几则新闻报道。

没有人能再分开
天空在夜晚
最黑暗的时候
就已经开始晴朗

2019. 1. 12

北国江城

温泉流进屋子
戏台向着星辰敞开
腊石
在开花
松花江上　只有丰满大坝上的热水
带来大量的雾气
在不冻的江面遇冷
便以霜的形式
凝结在周围粗细不同的树枝上
无数的游客
忽如一夜的春风
在江边千树万树的汇聚
柳树结银花　松树绽银菊
琼枝玉叶的你
原来是那样地婀娜多姿
只有在雾凇的长廊里
我们相遇
我们才不会是这片黑土地上的异乡人
我内在的热情与你表面的冰冷也会形成雾凇

2019. 1. 29

雪　花

雪花知道
雪花并没有忘记
太阳的方向
把家建在雪乡的童话世界
那像雪糕一样的屋顶
忠诚地守护
林海雪原小木屋的心
虽然我们再度相逢
但在故乡黄州
我们已是冬天多年的朋友
此时　我听见
你在松花江上放船歌
我看见
你在长白山天池边起舞
你的纯洁与轻盈
是缱绻于山丘白桦林间的雾凇
是北方二月清晨梅花鹿的身影
是狍子望向猎人时呆萌的表情
雪花　只有雪花
才会这样歌唱
才会飘进我的心中拒绝融化
而我在厦门多年未曾牵过你的手
那是我在异乡一直寻找的家

2019. 1. 31

北方之北

我找到北了
只有你的手带来野生的蓝莓
只有雪覆盖黑土地
和白桦林的忧伤
这些亭亭玉立的树升起太阳
充满汁液　炊烟飘荡
就像黑龙江在第一弯处
奔腾　又停止歌唱
我周围的一切都是寂静
我在寂静中穿过木栈道
遇见一个美丽女子
她熟透的目光
仿佛是我在北极村寻觅不到的极光
我找到北了
在你的手指间
诞生了地平线　界碑　冰雕
为你我愿躺在雪地上
像一枚陀螺样打开自己
当你把我呼唤
我便有了大兴安岭　一座森林的名字
但当你把我触摸
漠河　我北方之北的姑娘
我不知道
我是你零下 42 度的冬季

还是我已随身携带来的春天

2019. 2. 4

大连，大连

你问我　而我不知道
我以前不知道什么是大连
在澳洲我曾遇见一个大连理工的女生
那美丽的脸庞曼妙的身材也许是大连
你的建筑　也许你的建筑
那俄罗斯风情或日式别墅便是大连
一根棒槌形的小岛
细微洁白的沙滩
温柔明亮
当一个又一个的广场
从我身边穿过
那显然是历史在把我呼唤
此时大连便是有轨电车
再不会有日俄的监狱建在旅顺口
国产的航母诞生在大连造船厂
有时大连是座跨海的大桥
在礁石的桥墩上熠熠闪光
我不知大连是在凝望
还是在打开的天书上
把一个答案寻觅
不　大连不是移走的华表
不是留下来的喷泉
不是陨落的明日之星
他温情的目光迎向巡逻的女子骑警

它是海鸥
一束光隐藏在翅膀之间
为了与广场上举起的手相恋
一颗球坚持着
坚持着徐徐转动　拉开夜幕
情人的头发松开了
在山上的城堡酒店
正是来自海面上的微风
吹起她胸前的波浪
大连将再次出发　归你我所有
雪花的灯饰悬挂在公路之上
绽放在树的手指之间
我仍不知道什么是大连
夜色里抵达港口
又依依不舍中驶向烟台

2019. 2. 9

青 岛

帆船之都

似乎心也被啤酒灌醉

如同五四广场

那形如螺旋般红火风团的雕塑

热情之焰点燃

四周楼群灯光璀璨　霓虹斑斓

在老子高高站立的崂山

我不学他左手指天　右手指地

只是虔心探访　触摸诸仙留下的千年银杏

他们亲手栽植的玉兰　丁香　山茶

还在讲述着道法自然的真谛

如一枚樱桃望见垭口下美丽的渔村

八大关内的万国建筑仍在等待

等待春天

韶关路走来碧桃

等待夏天

正阳关路紫薇花开

等待秋天

居庸关路五角枫霜染

而此时是冬天

紫荆关路两侧站立着成排的雪松

如果我沿着情人坝往前行走

就会看到一艘帆船从奥帆中心驶出

就会听到一支乐曲从酒吧袅袅飘起

延宕至金沙滩临山敞开的喇叭
一个千与千寻的恋情将会诞生
诞生于第一浴场第二浴场第三浴场
诞生于管风琴奏响的圣弥爱尔大教堂
诞生于花石楼公主楼胶州邮政局
诞生于我驻足于此飞阁回澜的栈桥之上
诞生于青岛　我那来自胶澳的问候

2019. 2. 13

世外桃源

三月三不远
山歌的对唱不远
爱情不远　绿野平畴之上
群山耸翠　绿树含烟
因此燕子湖不远
湖畔一树树桃花
使我久在都市的樊笼里
也复得返自然
笔架山下
青瓦泥墙　竹篱菜畦
鸡犬之声清晰可闻
我的孤独如那件蓝底白花纹的蜡染
因此渔歌唱晚不远
我就是那个寂寞的旅人
一种洞见之光　从甬道透出
让宁静穿过岁月
让我看见你　清波荡漾　芦笙踩堂
啊　世外的桃源　芳草鲜美
缤纷的落英就在眼前
只有粗犷不羁的佤族还崇拜着葫芦
牛头是他们的一种信仰
只有高山上的瑶族竹木做出的芦笙
像迎宾的葫芦丝一样悦耳动听
只有苗族红缨垂荡的圆珠帽象征太阳

下面的银圈代表弓弦
头顶的银针代表箭
只有侗族在风雨桥里行歌坐夜
鼓楼里协商议事　起款定约
只有壮族姑娘们在花楼上抛下的绣球
能留住我的脚步
只有此时　此地　洋溢着自然山野之趣
的我
想纳千顷之汪洋
收四时之烂漫
都装进你今晚的香囊

2019. 4. 3

黑洞颂

我所能看见的黑洞

宇宙中的黑洞

不是那张首次面世的新闻照片

你们口中所说的甜甜圈

物质引起时间和空间弯曲

空间和时间引起物质运动

这就是爱因斯坦描述的广义相对论

却也无法完整阐释你和我之间

存在亿万光年的万有引力

我从长江边的黄冈

走到厦门的海滨

甚至飞到澳洲的天空

只为了寻找一块恋爱之地供我们栖息

对你的追寻　已不属于一个科幻的概念

你知道我对你的爱慕

就像我知道你对我的眷念

无数个夜晚　无数个黎明

我们的爱在那宇宙

像恒星一样爆炸

引起外太空一片混乱

我曾在我居住的西藏村庄

让五颜六色的经幡

飘动和吹响我的孤独与忧伤

我曾在张家界的天门山

在那天梯之上

看见你为我洞开的天眼

我曾在桂林的漓江

乘竹筏漂流到阳朔

在西街混血儿的瞳仁里

看见你在月亮山上留下的足迹

你像是拉菲酒庄百年葡萄藤上

成熟的一粒葡萄

散发着少女的芬芳

你更像是我认识多年的姑娘

却迟迟不肯为我献出你的处子之身

我仿佛在一条流向瀑布的河流上

如一独木舟　逆水划桨

神秘的黑洞啊　宇宙的子宫

让我飞向你

我所有的道路只为通向你

即便你把我吞噬为黑暗

喷出为流光

也不要让我失去碰触你的机会和距离

哪怕你把所有的星星都烧成灿烂的银河

把我的思念烧成围绕你旋转的气流

如果你只肯让我在事件穹界之外

远远地注视你

但也请你让我

像月亮绕着地球　地球绕着太阳

那样绕着你　公转

时间会在我们恋爱的心中静止

那时我们一起重摹人类星空的轨迹

2019.4.14

尖　塔①

如果我存在
这一切是否存在
如果这一切不存在
我是否存在——雨果
过春天
我们去寻找一个尖塔
你说
它在阿尔卑斯山北麓最大的城市
那时法国王室崛起
歌德式建筑像丛林一样开始向上生长
过春天
我们去寻找一个尖塔
你说
它在巴黎圣母院八百五十年的历史里
壁上有无数的柱
而柱就像人体骨架般细长
通往穹隆顶端的交叉肋拱
玫瑰花窗的光线在那里静静透照
过春天
我们去寻找一个尖塔
你说
它在雨果伟大的浪漫主义小说里

---

① 有感于钟林芝的《巴黎之殇》报道。

那里住着一个钟楼怪人卡西莫多

他不怕别人向他扔石头

却怕美女爱丝梅拉达被他吓倒

过春天

我们去寻找一个尖塔

你说

它就在塞纳河北岸的起点

从南岸咖啡馆出发　过双桥

一路向西　去看罗浮宫

杜勒丽花园　协和广场

香榭丽舍大道和凯旋门

从清晨走到黄昏再到黑夜

从中世纪一直走到当代

这是打开巴黎方式中最亲切的一种

过春天

我们去寻找一个尖塔

你说

它在一盏盏祈福的烛光里

不要哭泣呵　即使是抗议的黄背心

如今它在一把火焰中坍塌

十字架仁立在瓦砾堆上

耶稣受难的荆棘冠和塔楼还在

圣母院仍是孕育喂养法兰西历史文化的卵

和巢

不要哭泣呵　今夜

我想起在圆明园看到的那些残垣断壁

我们不去重建它曾经的辉煌

让它以一种废墟震撼的美激励着我们

想去帮助你们
曾经放火烧掉那人类瑰宝的后代
寻找你们心中失去的一个尖塔

2019. 4. 20

有许多爱情，像雾

有许多遗憾　像雾
在恩施大峡谷升起　飘荡
情人柱在山川大地相拥而立
我曾渴望和你日夜如胶似漆
如今孤单得像一根香石柱
我知道　女儿城每晚在上演着赶场相亲
我却在红墙上遍寻不到你的名字
那七口茶的山歌我该唱给谁听
我知道　如果我轻轻地牵一下你的衣襟
你就会回踩一下我的脚尖
是否像现在
感觉越痛就表示爱得越深
那个西兰卡普你绣给了谁
有厚朴树在开花
有樱桃树在结果　有车
驶过狮子关湖面的浮桥
在桥下掀起网红的水波纹
有富硒茶在杯中如会跳舞的甘露
我的爱在大峡谷没有回音
我知道　亿万年前的誓言
都可以像海平面
上升为梭布垭石林
巨大的思念也会让大地
凹陷成一个腾龙洞

似乎有点晚了

我漫步在风雨桥上

土司城中

不管旅行把我带到哪片遥远得似曾相识的土地上

因你的缺席

我都会明白这是陌生之地　　自己身在何处

我知道　这个五一

还有许多情侣或单身的人

从全国各地赶来恩施

而他们却不知道

我对你的等候

在清江的上游已漂流了千年之久

2019. 4. 30

从恩施返程

在都市职场上下班的人潮中
很久才出来吐一口气
锁上孤独的门
到一个有峡谷　洞穴　清江的土家族山寨去

听见树梢上盛开的鸟鸣了吗
那两块只在船只掉头时出现的巨大岩石
那两块岩石向我张开蝴蝶的翅膀

那从两岸山上奔流而下的溪水
那些溪水向我说着洁白的话语

在渡口卖清江小鱼干的幺妹呵
我爱你不经意间露出的胸前的乳线
那无声无息芳香的气息

留守的儿童和老人还在山上喂猪养鸡
在洞穴剧场里跳摆手舞的青年男女的手指

叭一口恩施玉露
叭一口利川红茶
叭一口龙船调一样的山歌
我感到时间
像峡谷里的植物一样翠绿

清江上的游船一样徐缓
洞穴里的暗光一样迷幻

土司的城里有白虎的图腾　小小的灰木船上载着航标灯
我此刻的愿望呵
就是
在返程之前
再叭一口幺妹哭嫁前红红的嘴唇
不带走任何一片属于这里的清晨和黄昏

2019. 5. 2

挪威的森林①

挪威的森林讲述童话的故事

挪威的森林挂满湖泊晶莹的泪珠

我坐在阳光的草地上

内心映射出好多缤纷的颜色

在这里我曾变为麋鹿　鱼

曾经当过云　蝴蝶　以及一颗榛子

现在作为人的岁月

我渴望着陌生的事物

渴望进入你魔幻的世界

那里有一棵树

既是男人也是女人

既是太阳也是月亮

挪威的森林从来不会因为痛苦而簌簌作响

那只孤独的蜂鸟还要飞行多久

才会找到一枝有蓝色大眼睛的花朵

它还在盛开着初恋的味道

挪威的森林里有一座磨坊

彼岸还在唱着同一首歌

我们是河面上漂流的那艘船只

在舵轮后面分享

河与河水穿过山谷时的激荡

挪威的森林讲述爱情的故事

---

① 有感于赫尔曼·黑塞的散文《给所有人的童话》。

212

挪威的森林挂着你褪去的衣裙
和一顶宽边遮阳草帽
我们需要一杯红酒
来忘记森林外世俗的烦恼
每次欢愉醒来的时候
都可以看见
那棵集太阳与月亮于一身的树
叶子变成羽毛　根茎变成爪子
在闪闪发光的花和水晶之间舞着　跳着
它是一株我们心中渴望的植物

2019. 5. 11

你是我的边城

我在张家界森林的奇峰与峡谷间穿行
我没有一座属于自己的城市
土匪已从湘西大地上嘤嘤消失

我没有一丝疲惫
薄雾像清晨的沱江
一路上拥挤的游客和长筒形背篓
在桥边与渡口渐渐散去

把沿岸的酒吧留给夜晚石板老街上的饮食男女
从沱江跳岩那两排石磴跨过
虹桥那边倒映着白色的万名塔和隐隐的箫声

我知道沅水及其支流给你带来的智慧——
你"行过许多地方的桥
看过许多次数的云
喝过许多种类的酒
却只爱过一个正当最好年龄的人"①

我知道吊脚楼投下的影子
曾经剽悍的水手和羸弱的兵士
开客栈的老板娘和终生漂泊的行脚夫

---

① 沈从文写给张兆和的这句话被人评为"民国最美情话"。

在你的边城路过
每一扇窗户里都藏着一种闲适的生活　纯朴久远
一个美丽的苗族少女　几首动人的山歌　两个痴心的小伙

永远被一种流动而不凝固的美吸引
为此你成为一座山　像展翅而飞的凤凰
为此我愿成为你内心最温柔的一隅　照我思索

2019. 5. 19

芙蓉镇

我习惯了你的冷漠
就像你习惯了我的热情

我们曾在人群中
交换了一下彼此爱慕的眼神
然后各自继续生活

不能说没有尝试着联系
联系是那根溪州铜柱
至今回荡千年的跫音

有一座湘西的古镇
可以从风雨桥上走过
可以在五里石板街上
尝一碗像你肌肤一样滑嫩的米豆腐

然后从悬崖下穿过
飞落直下的瀑布
瀑布旁的土司行宫
是那传说中的吊脚楼群

多年前不曾相信
那会有一场邂逅
多年后不曾相信

那只是一场邂逅

在酉阳雄镇的门楼前
在岸边码头的石级上
我看见夕阳在酉水上闪闪发光
如我忧伤的思念

你此刻站在何方
如果你推开今夜的窗户
就会看见月光下
王村那曲折幽深的大街小巷
打猎归来的人在广场跳着毛古斯舞
土家阿妹的儿背篓里装着西兰卡普
我在学着给果木树喂吃年饭

2019. 5. 25

当你知道我已悄然返回故乡时

当你知道我已悄然返回故乡时
不要带我去江边的树林
这只会让荒废已久的船坞
面对不断掏空的堤岸
回想起沙滩上我们曾经留下的足迹
几处残存的野炊灶台
和一匹仍在树林中拴住的小马驹
当你知道我已悄然返回故乡时
斜拉的长江大桥在消失的渡口上空悬浮
一只小黄狗在江水中游泳嬉戏
渡轮在前方依旧摆渡过江的人
而不是消失的车辆
不要轻启双唇呵
在南湖职校仍保留完好的水杉林中
品读我漂流在外写下的相思
我曾在夕阳中爱过堤岸外
巴河上运沙鸣笛驶过的铁壳船
此刻青翠的河床上漫步着吃草的牛只
当你知道我已悄然返回故乡时
不要在禹王城中跟我讲述
楚项羽以衡山郡立衡山国的故事
我会从东坡赤壁那块赭红色的岩石滑下
在大江东去浪淘尽千古风流人物中
寻找苏轼在黄州沙湖道中遇见的那场雨

说这次归去　也无风雨也无晴
当你知道我已悄然返回故乡时
青云塔依然屹立在安国寺旁
有一棵韧性很强的大叶朴树
因站在塔顶而可以抚摸天空
你会把城中的东湖　西湖　菱角湖
串在一起　汇成东坡笔下
"去而人思之"的遗爱湖
那将是大别山南麓下一颗冉冉升起的明珠
想要照亮
所有从黄冈中学走出去的莘莘学子
或光明
或迷雾的道路
当你知道我已悄然返回故乡时
我不想去吃武穴酥糖　浠水九孔藕粉
不想去听起源于黄梅县多云山区的黄梅戏
只想看你清晨从遗爱湖畔采摘而来
一束盛开的马鞭草
那上面还挂着我惊喜的泪珠

2019. 6. 1

铁马男生①

地理老师　带我们走
带我们骑行到上海
到地理书籍上另一个气候的角落
让我们的爸爸的爸爸也明白
这是一次真正冒险的高中毕业旅行

当双轮驰过　河南焦作
枯黄的冬小麦茬和翠绿的玉米禾苗
交相辉映的田畴
当炊烟袅袅　升起在华北平原上
卧躺的农家小院　粉墙黛瓦
梅雨迷蒙

我们把远方的远
溶进大同盆地的陈醋
黑夜穿过汾河谷地
白昼越过长治高原

还记得出发的时候　云朵
相拥　夏风阵阵　城市的街道明亮
杨树使劲挥舞着一叶叶翠绿的旗帜
阳光哗啦啦地洒下来

---

①　有感于一则80后老师带领11位高中毕业生骑行1800公里到上海的新闻。

220

像极了班上啦啦队女生欢呼的白裙子
一棵树摇动另一棵树
一朵云推动另一朵云
我们一辆骑行接着另一辆
穿过黄河入淮河
从雁行山脉的宁武山到太行山脉尾翼
大陆性的海洋季风推着我们一路向东

连运煤的大货车也给我们让出了天空
柏油路就这样在我们鼻底下起伏不止
我们像是贴在大海波浪上飞行的燕子
当车轮爆胎时
太阳又成了我们的纤夫
还有沿途善心的人士如及时的修车师傅

从你的全世界路过
别把我一个人留在城市
也别把我一个人留在山沟
地理老师　让我们在变得优秀之前
变得像一群铁马般勇敢
我们把我们汗水的足迹
像车辙一样印遍 1800 公里的路途
未来世界的爱与希望就融进了我们的血液
当我们在大学校园的走廊回望
这一段青葱岁月
我们的心　仿佛初恋的女生　怦怦作响
我们的眼　已从干旱　半干旱　到湿润

2019. 7. 13

文殊口

我站在文殊口
遥望嘉峪关的关城
从这个山口无限放大的草原
横贯千里的祁连山孕育了璀璨的河西走廊

很久　很久以前的堡子滩水草丰茂
卯时出来的泉水灌溉着丝绸之路
卯来泉古堡下被遗弃的村寨
历史在此已风流云散只剩一个剪影

贫瘠荒芜的文殊山　光秃秃的戈壁
横刀立马的游牧部落已远去
冬眠的衰草还没返青
山坡下的土城　东纳藏族
鄂博台的旗杆飘扬着蓝天的经幡

我从春牧场　夏牧场　秋牧场
再回到冬窝子
那一条弯弯曲曲的小路
印满了我和祖先的脚印
文殊山石窟的壁画和古寺庙里的菩萨
那钟楼和万佛塔想告诉我们什么
那山沟壑的皱纹里泛起潮湿的暖意
羊粪在铁炉里燃起土房子上的炊烟

点燃的柏枝洒上祈福的青稞面

永远不会再有战争
一列列迎亲的队伍可以驶来

向南　祁连山顶积雪皑皑
向北　文殊山莽莽苍苍
塞上的暮春在广阔的堡子滩
我原是大海边的浪花
在这里被叫作季节性的河流

住牧的双手呵
请在我们一起剪羊绒的时候
唱一首草原山坡上缓缓升起的牧歌
那是一位眼眸和心灵都美的姑娘
　·端连接草原　一端连接绿洲
那是我们永远的共同归属

2019. 7. 27

我需要

我需要一座新的山谷
山间的雨水顺着窗户急促滑落

我需要一处荒野公园
里有一张我最喜欢的长凳
藏在一棵枝繁叶茂的大树下
远离其他的座椅

我需要一面落地
透明的橱窗
寄居在天使翅膀之下
的幻想家
允许我贴身相伴
高视阔步
手托一杯白兰地对她们说
我有无限的感谢
也有很多的歉意

我需要撑着一把伞在雨中
拖着沉重的步伐走到火车站
即将到达的远方
天气晴朗
有一位身着维多利亚时代长裙
留着飘逸长发的女子坐在花丛中

翻看着贴有藏书票的插画书

我需要一枚家族徽章
不再像怀旧的瓢虫
在窗台
无人问津

我需要一场厚厚的积雪染白的大地
远处的大海也仿佛成了冰原
当一家三口在灯光亮起的渔村街头出现
让我忽然触摸到了
一丝丝曙光
亮出天际
点缀其间的房屋美得如梦如幻

我需要在南部海岸的一个不可思议的山洞里
阳光刚好与入洞口排成一条直线
冰被瞬间点燃　恍若钻石
琥珀
恍若你需要我时的眼睛

我需要生活中美好的事物
美好的事物即是你

2019. 8. 3

七 夕

我是逃奔到月亮天庭的牛郎织女
爱是如此地浩瀚与虚无
我像个孩子那样想抓住宇宙事物的本质
抓住你的内心和狡黠的禅意
我是被你心凝视的眼
是你爱不释手的礼物
在今夜充满仪式
但我不是司空见惯的孤独
唯你的爱可以拯救
我曾是被命运导演的一场戏
是唐朝青楼回廊上迎面而来的相思
是趁着星光出城的分离
我是被古代神话命名的节日
但我不是空空闺房里的七夕
我是飞越银河的喜鹊　走了八千里
用翅膀搭起的一座归桥
我是两个有趣的灵魂
纠缠在一起发出的一组欢乐的和声
我是你欲笺心事的远方的爱人
但不是你才下眉头却上心头的怨恨
我是你寄存的泪水
淡泊说出的格言典故
细节黏黏的情书
仿佛每一句话都能挤出玫瑰花的汁液

愿天下有情人终成眷属

今夕　又是七夕

但我们不再是以各自的孤独写爱情

以旁观者羡看恋人

愿岁月可以永久　执子之手

与子偕老　共白首

今生今世　只要金风玉露一相逢

巫山沧海相隔的云水

也只是鸳鸯池塘里无限的温柔

2019. 8. 8

我们叫这爱情

在黑暗中　我站在树旁
过去我一直爱着的人
无法隐藏
生活变化得很快　像幕后的山脉

世界是平的　世间是方的
事实就是一种观点
田地里和树林中也弥漫着悲伤
我想要一杯白咖啡　苍白的天和一个真实的吻
没有人能将我们分开
因为我们心里有那片海

假如现实是被枷锁拴在一起
在洞穴排坐着
凝视墙上闪烁的阴影
我们也要选择与链条做斗争
去寻找一条通往光明的道路

像个哲人站在阳光下觉悟
像一个男人在生育自我
我在森林建好了家
我的心意写在一个古老的石头上
带我　带我走
你看这个世界崭新　渺小　庞大

而且不断扩展
差强人意的环境
我们创造任何可以爱的东西

玉米已收割　　洗干净
现在一切还没离开前　　难以区分
即使花朵　　褪去颜色
也请艳阳高照一支前进的队伍
我奔跑的方向永远是你
两只美丽的眼眸　　一张动人的脸庞

跟我　　跟我来
在一所老房子里　　在海边
你可以脱下我的衬衣和你的防备
在分子层次中　　人类和草没有分别
大地会很凌乱而我们会更好
我想消失在你苍白肌肤的毛孔中
让你全身上下都成为我跳动的心脏

我们脚下的街道总是延绵不断
但没有一条通往大海的梦想
让我诞生于一次逆风中
将我的名字以飓风命名
让我游到最深处　　下沉　　下沉
我正溺水在你的子宫中
愤怒的葡萄啊　　我的手中持有记忆
我们叫这爱情

2019. 8. 10

环游福建 30 天

我要到哪里去
在连江的北茭鼻前
穿梭着黎明和黄昏的船队
有故乡情怀的海鲜
一箱箱游回岸边
神荼　郁垒　两个门神
仍守护在千年村庄的门扇上
山屿下的浮标如嘟嘟的马达声
散落在霞浦东安渔排波光粼粼的海面
那西昆村孔子的后裔
还有萌娃在传诵三字经
擦干水珠的不锈钢碗在竹床上午休
用福安话唱歌的吉他手
在他饮下甘蔗汁的日子
自由地唱出一首网红的醉排骨
岁月的老宅是一座新时代的博物馆
柿子仍在高高的树上
引诱一支中年男子的竹竿
白日焰火响彻在树林的上空
西式的马车拉着中国的新娘
养昆虫的农大博士啊
待在工作室如南洋大兜的幼虫
谷雨　谷雨的民宿
不喜欢大城市地铁的密集

在武夷山河边泡茶的道长
莫问一位姑娘的年龄和道的出处
深山像分仓式龙窑般沉默
在溪边看松木升起的火
把芳香的油渗入茶壶
当傩舞在神佛为扮相的面具下
拿着阴阳鼓起舞的时候
大雾就弥漫过门仁的楼亭
长年干涸的大金湖
湖底变成可以跑马的草原
当年喜欢过的女同学
坐在茶叶店门前嗑瓜子喂孩子
你找到闽江的源头了吗
稻花鱼　一尾向左　一尾向右
想寻游回长汀过生活
想抿一口芷溪古建筑里的米酒
想剥开平和山上满怀的蜜柚
想参加诏安平安节芸芸众生的庆典
人生就像一条河　一条路
一会东　一会西　匆匆
孙悟空也会从石头中蹦出
撑一竹排来到东山岛的海面
他不是漳州打鱼的疍民
不会在龙海的白沙村送王船
有些事不如经验
经验不如路上最好的遇见
但如果有烟花升起
也会看见年轻的妈妈

牵着小孩的手朝烟花跑去
在安海的石桥上
我寻找弘一大师留下的足迹
——我到为植种　我行花未开
岂无佳色在　留待后人来

2019. 8. 18

在台风白鹿来临的时候

在台风白鹿来临的时候
请把我们的梦　一个一个
包进扁肉　烧麦　芋饺　米冻
然后赐予我们　犹如一顿丰盛的沙县小吃

那里有依山凿刻的石卧佛和肩膀戏
从宋代理学家罗从彦的祠堂
到明朝起义首领邓茂七的山寨
我在淘金山上看见他们留下的足迹
红尘中的一段传奇

是呵　我们的梦
也需要一个温暖的窝来孵化
一个被鲜花拥怀　掌声和泪水
浸透眼角的时刻

该出发了　现在就让我们
像柳树梢上的月光一样
沿着河滨步道
去黄昏的风中寻找消失的倩影

让我们带着迟来的爱情回归吧
用新剥开百合花的我的手
用你脖颈微微泛起的淡红

这样　我们不用去追忆
琅口码头昔日的喧闹
在那个桅杆林立　商贾云集的街市
我是怎样穿过人群和幽暗的岁月
牵起你一生不愿放开的手

这样　我们在临江的楼宇
与天地对坐
那永不寂灭的诗歌胜过一切
飘荡在十里平流的河面上
如渐变的天光　重回心间

我们的梦想　继续飞扬
他们将越过城隍庙二十八曲
越过七仙洞里的钟乳石笋
越过虬龙桥一样凌空的栈道
越过七峰叠翠和文昌阁下的沙溪

抵达情感的界限并拓展此界限
我们和我们的梦想爱你
沙县小吃的城

2019. 8. 26

夏　茂

从沙县到夏茂
好像是在一张铺开的餐桌上旅行
在青色的稻谷穗和粉红的荷花之间行走
在蔬果架下采摘盛夏的果实
我那如饮了客家菊酒的甜蜜的俞都

爱情没有来临
树叶依然盛开木槿花的热情
在挑担与店铺之间　是传承有序的渊源
仿佛在那棵古树下的灵泉
我拾到一枚中国传统饮食文化的活化石

回想那些寂寞的岁月
我是在都市的沙发的电视前嚼着干粮
而在这里　一头牛走上餐桌
可以成为众人味蕾上的狂欢
给你一座山　可以做成一桌宴
给我一条溪　我却只想垂钓
一个在村头的文昌阁里许下的愿望

好像是在村尾民俗文化馆
那些陈列的小吃 3D 打印模型前
我遍寻不到你的踪影
有一种小吃　名叫过往

里面包着你雪白　晕软的娇喘
外面包着我绵长　日夜的思念

我是一棵在田畴间等待的芭蕉
我的足迹已布满沙溪和闽江之间
像一座廊桥　不惧风雨飘摇
像一座水车　整天孤独地旋转
只希望有一天
能浇灌你干涸的充满渴望的心田

2019. 8. 29

平　潭

我不知道　有什么
在平潭　没被风吹过
我想让回忆轻点
每下都踩着天空的云朵
每下都踩着沙滩的泡沫
蓝眼泪穿过坛南湾夜晚的寂寞
你喜欢些什么
生命如水　大地如歌
长江澳的风车
每只手都在草丛中寻觅着方向
搁浅的木船
北港流水村的石厝
你是否从未被大海爱过
万物都会流失
仙人井里的鹅卵石
三十六脚的湖泊
唯有石牌洋像我们之间的感情
站在同一块礁石过日子　相互属意
却从来没有亲吻过

喔　我想让未来轻点
像猫头乾偏处一隅
让海水呈深绿色　如镜一般
像东庠岛有一千个礁岛

背倚青山　面朝大海
像一位海坛天神
头枕沙滩　足伸南海
只差你来
我就会春暖花开

我知道　会有一个醒来的早晨
房间的床单　咖啡　面包
阳台里的摇椅
远处海面上坠落的阳光
礁石后边盛开的仙人掌的黄花
都会渗出你
昨晚发丝里甜甜的腥香

2019. 8. 31

泰 宁

我能用一根木柱
撑起一座甘露岩寺
我能引一股峨嵋峰的泉水
流淌成一挂天际瀑布
我能穿过大山的伤口
留下一线天的蜿蜒小径
却不能用一首诗
打破你多年保持的缄默
我走向许多地方
不为走得更远飞得更高
我去上清溪漂流
听过一尾幸福鲤鱼的故事
我去尚书邸
看见一位状元科举及第的足迹
我去寨下大峡谷
任人生如竹筏
在陡峭的石壁间变幻如水上丹霞
我去九龙潭夜游
屹立的岩石　飘渺的灯光薄雾
茕茕孑立的金丝楠木
我成为一阵清风了吗
我只想靠近你心里的那片湖泊
我在湖面播下我的心吗
那沾满阳光雨露的诗句

都被你沉淀为岁月的淤泥与金沙
泰宁啊　今晚我的孤独
是古城上空那轮明月
照亮了万家团聚的中秋之夜

2019. 9. 14

上清溪漂流

我是你河床上的一粒沙石
看见岸边的白鹭
叼走在我身边游来游去的石斑鱼
有许多的爱还没说出口
上清溪此刻已伤心的混浊
悬崖上盛开的黄花菜和铁皮石斛
你听见艄公唱的客家山歌了吗
艄公已老
情歌依然
准确如手中的撑竿
直戳岩石的心窝
年轻的少妇在一旁装点着我们的竹筏
我们如少妇般静静的溪流
上空遍布俯瞰的幽兰
那些在水面上飞过的绿蜻蜓和红尾巴的相思鸟
相信我的爱
如溪水川流不息
只有深浅
没有干涸
告别
崖壁洞穴里老鹰空空的鸟巢
告别
稻田里抹上金黄夕阳的谷穗
人生需要随波逐流

才能抵达彼岸
彼岸之花啊
我在你的峡谷里
翩跹如一只美丽又陌生的蝴蝶
爱情是一座寺庙
我只路过　不去叩首

2019. 9. 15

吐鲁番

你行走其中　若火焰的山来自体内
穿过湿地　沉默的盐湖宽广无边
而磕头机昂首在油田

干涸依旧存在
却离天山的雪水很近　也离
一条坎儿井所能够暗流的地下河很近
你喜欢在戈壁行走

喜欢把一串串孤独的心事与足迹
拿去晾房晾干
也许能忘掉吐鲁番所有的葡萄干
唯有她胸脯前的两粒
愈发坚挺　清晰

夜幕降临　夕阳若在梦中
但大坂城的姑娘已嫁给别人
此刻唯有风力发电站
转动的手臂
仍在点亮着远方的灯盏

2019. 10. 2

天山天池

如同雪莲花
生长在雪线之上
王母娘娘隐居在自己的宫殿里
只肯以
一座天山天池
供各路神仙大侠剑客游人
进入她的凝视中　暧昧不语

但沿途盛开的野蔷薇
金樱子　草木樨
向我
泄露了她悠悠的心事
毕竟　春天已在她的心中
播下了相思的种子
在金秋
成为我追寻的足迹
飞龙在天　不如一潭世俗的
爱的回忆

走过岸边岩石上的木栈道
也会看到一棵
或说两棵
郁郁葱葱的榆树
站成传说中的定海神针

任瑶池潮起潮落
都淹不过他的脚跟

我想这也许是一种爱的表白
比如此刻我的心
已越过对岸的樊篱
紫宛　火绒草
如果再下一点雨或雪
就会变成你眼中迷蒙的仙境

2019. 10. 1

喀纳斯

你的声音
用低沉的苏尔或呼麦
在召唤人们
当我孤身一人来到这里
这里　我见到了我想要遇见的风景与人

那些声音刚强
躯干洪亮的人
那些能制服烈马　狼　黑熊
和湍流的人
那些能在高空闭上眼睛走钢丝的人
那些能以拉缰绳和挥马鞭为舞蹈的人

当我穿着你们自制的雪橇走过
那些尖尖的木屋或毡房
当冬不拉
在篝火旁弹起的时候
我就渴望有一天
能掀起你们其中一位姑娘的盖头来

我就知道
凡墙皆是门
凡云朵中的水滴
皆是草原上的石人

凡穿过你红唇白齿的阳光
都会抵达我的心房
你的香醇的奶酒
便注定和我的血液在一起流淌

喀纳斯　我的大山上迁徙的星星和久居的月亮
喀纳斯
我的草原上美丽的女人
在午夜处女座从三道湾上滑落
我就是那棵胡杨树
在戈壁滩
用孤独的盐碱
在岁月的躯干上挖洞
用流出的眼泪灌溉自己的相思

我会用额尔齐斯河水走马的声音
歌唱你的优雅
并记住穿过白桦林的每一阵蓝色的风

2019. 10. 4

你们带给我三个礼物

你们带给我一个村庄

我打马上高原
我的帽子上没有羽毛
只有雪山
我的脚下没有红地毯
只有青青的草原
吉祥的乌鸦飞过图瓦人的木屋和毡房
炊烟因此而袅袅
升起
游客眼中神的后花园
和一条禾木河的湛蓝的忧伤

你们带给我一湾五彩滩

我顺着日落的方向
看见额尔齐斯河流向北冰洋
它西行万里路
没有忘记沿途的丹霞地貌
没有忘记众人心中的夕阳
更没有忘记陌生的远方
在这里
我已成为一个敞开的容器
河流　五彩岩石在此

有着奇妙回声和光影的容器

你们带给我一座城池

里面并没有住着魔鬼
我在金丝玉石　红柳
甚至石油的味道中
寻找着他的声音
在岁月的铁砧上
锻造着射向太阳底下的荒芜
和丘比特的冷漠的箭
光阴走到这里
似乎该有个爱情的故事
但是我没有遇到
大地是一个日见衰老的孩子
我用天空的星光和月亮的露珠
为它敷伤止痛

你们带给我三个礼物
和一个全新的自我

2019. 10. 5

喀 什

胡杨林的田野
或沼泽
在泽普　巴楚
像红绿交通灯一样
只是规则改写
绿了　游客驻足　等待
黄了　游客蜂拥而上
叶尔羌河冲积扇打开又关闭
在香妃墓上方
那草原深处的天穹
划过的流星
是乾隆滴下相思的泪珠
毛主席的雕塑
在人民广场挥手
红色的空气在东湖荡漾幸福的涟漪
如星星之火在旧中国燎原开来
艾提尕尔清真寺
响起一大群白帽虔诚的祷告
56个民族相亲相爱
团结如甜甜红红的石榴籽
一排排农家乐饲养的鸽子
从知青栽下的一排排白桦林中
飞过西域古城
和高台民居

前往大巴扎赶集

今夜我在红其拉甫口岸

如白沙山那样海阔天空

如流沙河那样风轻水静

当十二木卡姆在莎车县弹起的时候

我不想在帕米尔高原那端的巴基斯坦兄弟

我只想你

像玄奘取经东归的那条古道

达瓦昆沙漠

卡拉库里湖泊

棋盘姑娘洞和公主堡遗址

我还要走过多少昆仑山脉上的雪峰

多少突厥诗人笔下峥嵘的岁月

经停多少丝绸之路途中寂寞的王庭驿站与荒滩戈壁

才能抵达曾经熟悉的你

身上的沙枣味的香气

2019. 10. 7

芦 苇

我知道
有些爱存在　不需要理由
也不需要说出口
就像你来的时候
天空会为我改变季节
云朵会在白天躲进我的鞋里

就像滚滚红尘中
你擦肩而过的迷情诱惑的一瞥
当草塘漫起水雾　我在清晨出发
当月亮在河边褪去衣裙
我的眼睛是夜晚满天的星星

岁月是一条狡猾的鱼
从我的手上挣脱
却在你的文胸里上岸
于是你就怀揣着我的梦想
消失在陌生的人海中
留下一间曾经亲密
如今空荡　敞开的小屋在冬天
的背影里

于是我就站成那一排踮起脚尖

在风中张望且摇曳的芦苇
不再拒绝霜雪染白我的头发
在夕阳的回忆中
抱回一只白鹭的远与暖

2019. 10. 16

与蓝花楹的初遇时光

那是一个难忘的夜晚

我站在澳洲房东家的屋顶

一盘像太阳一样的月亮悬在远处的天空

它一定听过我刚才对你的呼喊

那是一段难忘的留学岁月

我鼓起勇气

找来那一棵紫色的蓝花楹

作为我爱你的沉默证人

看似安静的库伦加塔小镇

忽远忽近　忽亲忽疏的白色海鸥

我宁愿你在彩虹湾冲浪

也不愿你在危险角徘徊

堤维德河上漂流的船屋

鸡尾酒调出的音乐

是薯条与鱼狂欢的节奏

飘落的蓝花楹啊

想抓住的是一张学历

想握住的是一本签证

想寻找的是一个工作

想放开的是一份乡愁

想守候的是一次邂逅

那是属于布里斯班的爱情与永居之梦

每一瓣的紫色

都带着丰盈的透明

都从我的指缝间

飘落在绵延的黄金海岸

我好像抓住了桉树上的无尾熊

我好像把所有遇见的孤独与歧视

都放进丛林中袋鼠的口袋

让它跳走

我好像大西洋路上海边矗立的十二门徒

望着悉尼大桥倒计时的烟花秀

或是行走在塔斯马尼亚州的摇篮山

我是爱上了你吗

在跨年的夜晚

在墨尔本人头攒动的联邦广场

我想编织一张只属于你我的网

当你站在北海道石切夕张

在手水舍前祈福的时候

看那雪花飘荡

如曾落在我肩上的蓝花楹

相思一样地怒放

2019. 10. 19

屈 原

楚国

我出生的国度

我流放的发源地

混浊而不清　以蝉翼为重

以千钧为轻

我离开你的郢都就像离开你高张的谗人

我目极千里而心伤悲

因你的黄钟毁弃　瓦釜雷鸣

因你的贤士被无名斥贬

如今举世皆浊我独清

众人皆醉　我独醒

我不能变心以从俗

故将愁苦而终穷

我是那个望向楚国天空和大地之人

我是香草美人

那个在沧浪之清水中濯我衣

沧浪之浊水中濯我足的人

曾不知道路之曲直而向南指着月亮与列星

想与天地同寿　与日月齐光

因为人心不可谓

何处的灵魂信直　如同吾心

那个在风飒飒木萧萧中离忧的公子啊

我是春兰做成的　长无绝兮终古

我是秋菊做成的　心郁郁之忧思

我不因路漫漫其修远兮而感到绝望

我将上下而求索

我令凤鸟飞腾　继之以日夜

我乘骐骥以驰骋　来做向导开先路

我是薄暮雷电　归何忧

我是青云衣和白霓裳

举长矢　射天狼

仅此一首九歌　仅此一篇九章

但你的离骚招魂　好像带着天问

卜居的渔父啊　魂兮归来

我独处在终不见天的幽篁之地

路之险难兮独后来

袅袅的秋风裹挟着洞庭湖的波浪

在木叶凋零下

时世缤纷不断发生变故

又怎么能在这里长久淹留停靠

沅水有芷

澧水有兰

太阳月亮运行不停

春与秋循环往复互相代序

思念公子而未敢言

你的心装着整个九重天宇

为了君王你才如此

长长的叹息以掩涕

谁在悲哀民生之多艰

唯愿心之所善

虽然九死其犹未悔

仁慈之光照耀

夺目如同你楚辞中的想象

可曾有人明白

夹杂着的申椒和菌桂

难道仅仅是连缀的蕙草　白芷

你的心之端直　虽僻远其何伤

算了吧

国家缺少忠良没人理解我

又何必深深地怀恋故都

既然不足以一起推行美政

何不追随彭咸去他的居处

他的居处已被秦国占领

在最后一次泛着泪光的飞翔中

何不化作汨罗江里的一条鱼

何不留下两只靴子

一只化作能吃的粽子

一只化作不能吃的端午节的龙舟

2019. 10. 26

清　晨

浴室半掩的门
莲蓬头的水珠淋沐在你的身体上
顺着乳房　臀部　和视线中湿润的草丛
滑落下来
如一些愉悦的诗句落在我兴奋的纸上
那鼓浪屿之波呵

我发现了一个全然不同的房间
我想这是一个经典梦境
你有一幢房子和正在学琴的孩子
我读着你的身体
吸收你散发出咖啡氤氲的香气
这个早晨我没有特别的客人

我想用一只鸟鸣叫的身影
或一朵马蹄莲凝视的声音
描述邻近海滩的教堂的天空
我是在低地生长的灌木
从未放弃幻想
我一路上都在和清风交谈
并走向去爱你的那个方向

这是我在鼓浪屿上停留的一个清晨
一个我从未真正知道的地方

一个爱多少遍都不会厌倦的爱人

2019. 10. 31

寂寞时的碎语

风吹过演武大桥的脸庞
鼓浪屿已来到海平线之上
我在美丽厦门的花园城市里
心为何如流走的那些岁月一样荒凉
双 11 节快要到了
我想像那位台湾大叔网购一位娇嫩的越南新娘
今天的海水颤颤
惩罚寂寞的雨水还没下吗
我干渴得如沙漠里的一棵植物
失传已久的恋情
我像一只琥珀里的虫子怀念错过的女人
你坐在如风的岁月前
点一块卢布蛋糕和一杯冰咖啡
为谁沉默不语
这露天茶座不是教堂里的忏悔室
爱过的人会来这里
没爱过的人也会来这里
偶尔一些往事如歌响起
你脸上露出精灵般的笑容
眼里却泛起了泪花
葡萄都带着愤怒
唯我像个老实的傻瓜
河流的前面是大海
爱的背面还是爱

戴上这枚太阳

我愿娶你为我妻子

戴上这枚月亮

我愿嫁你为我丈夫

祝福我吧

我会用一层砖　一层砂浆

筑起一座守护这则爱情故事的岗楼

我们不是王子公主

只是平凡的饮食男女

空气在你说爱我时凝固

你知道为什么夜是黑的　花只开一季

你知道那面悬挂的湖水

自从她走进我

就成为我人生幸福拼图里不可或缺的一块

2019. 11. 10

笔会中盛开的花朵

笔会中盛开的花朵
你有没有想过
俯瞰着厦门金鸡电影节前的灯火
或者　在某一刻
提着新娘婚纱般的长裙
向我款款
走来
在溪头下和曾厝垵
我们关心旧蓝和时光里的梦
言辞碰撞又融合
一只蚂蚁不忘初心的行程
榜样的痕迹
在掌声的回望中转身
我们是有限的现实
无限的魔幻环绕着我们
从光耀的海丝之路间犁过
我们是情满中华的信徒
用你香美异常的笑调味
我在你的背影中
刻画一种与爱俱来的失落
让我们的友谊长成一片森林
让我们的交流连接着两岸
让我们的守望点亮礁石上的灯塔
我们的爱之帆在彼此的祝福里启航

也许哪天　一个游离的海岛
再次回到了大陆
我会用今天的温暖
擦除你两鬓还残余的雪

2019. 11. 15

我们漫游如两只相爱的动物

我们漫游如两只相爱的动物
在栖居的幽深森林
在午夜的游乐场
在加勒比海里豆青色的小船上

弹着纸吉他　月光下跳舞
像猫头鹰与猫
若干年后
我们仍然拥有漏水的月光

而岁月是一只狡黠的蜘蛛
攀住恢宏止典里
跳伞的尝试
孩童睡床前的故事
市井闲话间透出光芒的细丝

吐丝织网　相扣　相连
爱情的蛛网本身没有颜色
它折射来自南瓜车
花园边的高塔周遭的无穷亮光

荷塘的月色在蔓生的衍射中
瞬息万化地生成
柳林风声

以戏仿　反讽　叛逆　和翻新的方式
爱情从我的眼睛中开始
抵达你心灵
它也许将航行一个世纪
但决不会从你的眼睛里消失

可是蓝胡子的山羊
对被青草宠爱的小白兔
也有无边的共情

黑雨的谣言来自海上
可是唱吧　继续跳舞吧
把整间渔排上的小木屋
当作一架钢琴
把我当作你的勇气和星光
我爱你在探戈中转头的姿势

我们相爱如两只漫游中互相亲吻的动物

2019. 11. 18

说吧　漂流的岛屿

我坐在山冈的青石上
看潮水的方向不可逆转
马樱花在山坡如暗语绽放
盘旋上升的鹰
凝聚在半空
橡胶密林的轮廓线不断向后翻卷
一身正装扎着领结的鱼
行走在山阴道上
在风月露水中求田问舍
我需要一点点粮食和阳光
沿着枯河之岸
向你一路奔袭过去
在漂流的岛屿的边缘
停着一艘庞大的蒸汽轮船
要把我接引
要把南方的竹林泅渡
我的爱已锈迹斑斑了吗
昔日隐藏于心的表白
如口袋里一枚枚硬币遗落
我不回避前方的礁石
和迷宫
智慧的苹果
被伊甸园的微风吹拂
真实的河流像寓言不断溢出

那封闭的圆环总在敞开
天启和神谕的时刻
当初冬的第一场雨下在后街的停车场
我更愿意相信
水洼里的空气会不断地冒泡
壁炉里木柴上的火焰永远通红
漂流的岛屿会对鸣响的杯子说
在中部地区的中心处
有一位穿着棉睡袍的少女
她此刻慵懒蜷曲的双腿之上
有一张等待我归来的
湿漉漉的嘴唇
那是还没有得到滋润的树枝
必将呢喃出不朽的话语

2019. 12. 6

爱的唤醒

我坐在明亮的教室里
看窗外的鸟衔来一些时光碎片
会计　或会计学院
一个憋屈太久
溺水太深的鱼
要急于浮出水面大口喘气
吐出水柱
要在芸芸学子中寻找红花墨叶
像自助餐厅里的侍者来来去去
流水跌落台阶形成瀑布
远方在此停歇
你怀揣一扇隐秘的门靠近我
等我拉开
当远山不再是黄昏的背景
晚霞不再沸腾
所有园中的小径变得曲折
分岔
心灵的树洞
流浪的猫不再顾影自怜
要在夜晚公寓的屋顶
倾吐心声
我仿佛一只在岸边行走的贝壳
拧干海的泪水
苦涩的沙子已磨砺成相思的珍珠

你若看见它的光泽

如在夜朔风紧中

看见扉雪满门

风雪黄昏里

看见阳春烟景

为什么不似惊鸿一瞥地

翩翩闯进

我也不会枉此爱的唤醒

2019. 12. 13

那生为蓝调的忧伤

从被搁浅的老木船里走出来
一捆捆红色标旗指引上升的视线
凝望　又一次湿润了谁的方向
当你向黄昏的沙滩寻过去
你看到有一种宁静异常温暖
归来的渔民扛着渔网走过
漫溢的腥香
脚步在他的橡胶鞋底下喳喳磨响
夜在这里　在渔村码头的灯光下
你忙碌的手分拣着海鲜
傍晚的圆月已悄无声息地升起
大海赤裸游泳者的暗红肩膀
谁在岩石上舞蹈如浪花
城市在远方歌唱
我的心寂寞如螺号
如夏夜里第八日的蝉
无光的村庄　密不透风的墙
从海上认识你
像在爱的花园　认识
罗衫半褪　刚要入浴的新娘
那生为蓝调的忧伤
请接受我今晚吹出的每一个音符
让蚂蚁的孤独伟大如蚱蜢
让我在你身体内　航行

271

如失去故乡的水手
我只想披着今晚的月光
拥你为我一生的女王
像多年前在西藏
在纳木措北岸　圣象天门里
隔着圣湖　望着念青唐古拉山
天风浪浪　海水苍苍

2019. 12. 20

想做一只麋鹿

想做一只麋鹿

一只恋爱的麋鹿

一路叮当向北飞去

尘土变成红泥的云雾

圣诞老人啊　圣诞树

我曾是那个等待袜子装满礼物

放在床头的小孩

烟囱往右走

我认识雪中左边的小路

乌鸦试图跟岩石和树枝斗争

我想它一定是失去信仰的牧师

或人去楼空的教堂

我按了几个世纪的门铃

却不见音乐和火鸡来相迎　刷脸

我们还是穿越时空的繁星吗

每一朵花

都在寻找属于它的枝丫

我们就这样飘忽在爱的箴言中

像电力驱动的碰碰车在角落里撞来撞去

橙色的冬日之光

永远不会天黑的夜晚

三千个跳舞的阿帕莎拉

金闪闪的头巾

经历岁月的不只是寺庙　雕塑

吴哥窟的僧侣
纽约广场倒计时的苹果
爱尔兰的海藻　黄色的悬崖
吕宋岛那沟壑连连之上的季风雨
当曙光掠过稻田　延伸不再是重复
我去伊富高神奇之山
走过一个又一个堤坝
一块又一块菜园
你大腿内侧含着一朵牡丹
迷茫地看着
我
一个情感荒芜却又充满耕耘憧憬的人
唱歌　祈祷　说圣诞快乐

2019. 12. 25

新年等待爱的回音

哦屈腿的裸女　曜变天目的碗中宇宙
我徒劳地寄蜉蝣于天地
却无法渺沧海之一粟
我仍在这里
在旧岁月消失的地方
看世界各地欢庆新年份的到来
烟花绽放　淹没悉尼大桥台北 101 大楼
面对纽约时代广场倒计时的水晶球
我却想推迟对它的迎候
午夜钟声敲响而我在思量
当你说新年快乐的时候
我该说些什么
说我又老了一岁
说无奈仍是无奈
疲惫仍是疲惫
我寄出的爱已原封不动地退回
日月是跳丸　光阴似脱兔
征衫老矣仍飘然在客路
我该赞美疏星皎月
焚香　点茶　挂画　插花
说那一晚在街市的相遇
是无邪的花朵　毒药的颠茄
沉默之门　枯山水
谁的眼眸如鸽子一样纯净

谁的祈愿在天空如彩纸纷飞
我灿然而生的寂寞啊
能得着如涟漪般层层叠起的连衣裙
的爱的回音
便是有福之人了
将我烙印在你的心上
我是你身体所依之船
将我缔结在你的床榻
我是你心灵所归之岸
那无数亮晶晶的萤火鱿　蓝眼泪般
涌向沙滩
要给大海安慰

2020. 1. 1

苏州河

为了只是夜泊
寒山寺的钟声
我给你筑起一座枫桥
洒上几点江上的渔火

姑苏城外曾是一艘客船
愁眠在月落乌啼霜满天中

为了只是目睹
浣纱时沉鱼的西施
我劈开你在虎丘留下的试剑石

姑苏城内曾是一座留园
一条平江路
穿过昔日花街和柳巷

为了只是隐藏
心中不灭的相思
我打捞你遗落在大运河里的胭脂
而又不知道它曾是柳如是

你的心中有一条苏州河
流到上海
成为我手中一杯野牛草的伏特加酒

那梳着两个马尾辫的美人鱼
背着背包远去
成为我翅膀下展开的晴天的风

2020. 1. 10

晾衣服的女孩

我很久没有像晒衣夹
那样在风中思考
在你牵出的那根如晾衣绳般
细长的思念上
日晒雨淋
你忘了把我和你的文胸
及蕾丝透明内衣
一起收进屋子
我不能抱怨
哪怕只有一夜温存或一日缠绵
我都能让回忆由湿变干
由发霉到清香
那是一件幸福的事情
仿佛空荡荡的日子
终于悬挂上爱的重量
透过两端的树丫去看雪
望见你家窗户的灯光
在一个可以冬眠的乡村
慵懒在沧桑的石头壁炉旁
享受一杯热可可的关怀
和一本书的陪伴
晾衣服的女孩
有时我想从那根思念的线上走下来
和你一起

坐在天井
点上篝火　喝着香槟
看生命里浪费的时光慢慢褪去
我仍是那木质清新的晒衣夹
你路过的一阵微风就能吹响
当被你握在手中
我的心犹如小鹿乱撞
而你松开的时候
却让我有这个古镇上冬日里
那条街最无法言喻的旅愁

2020. 3. 28

希望之钻

彩色玻璃窗的公寓
有一张空凳子
曾经有一个裸体的女人
坐在那里
散发白玉兰的深郁香气

无人知道她要离开
孤身一人
在冷风中
等待哪一片芦苇
那雪白的腰身上古典的一瞥
仿佛是湖面的优雅天鹅

我从那些波澜不惊的生活周围
翻找着一个时代的光辉
那些岁月的叶子都凋零了
不教我们遇见
一只黑狗在树底下最初的狂吠

日常的饮食　今天赐予我们
久违的相思
对平淡的日子保持一颗激情的心
我有三月的柳絮飘飞
你有冷静与含蓄的字词

希望之钻啊
我在这里已荒废了半生
却仍痴心等待一个爱情的开始

2020. 3. 15

茅台镇之歌

我把一瓶茅台酒放在山顶
并在高速公路旁举起了杯盏
不给司机喝
只给你　流浪的旅人
你应是缪斯最宠爱的宝贝
不然为何在你年过四十
还让你在微信里
给不同的女生
写着让她们点赞的情歌
像春风吹过花蕊
那些曾日夜相随的恋人
还是不是你心中的竹马青梅
当赤水河在彩虹桥下扬起酱香的酒波
流淌神州大地
往事是否只能回味
我在茅台渡口
隔河望乡
晨之少女
在我的额头　可以璀璨云海
我要把落日的余辉
全倒进你的酒杯
看岸边的孤鹜与你的红裙齐飞
我们便在晃动的人生杯底
看见自己流逝的青春的坟冢

一座是错过
另一座是对错过的沉默

2020. 1. 27

辑三

援藏支边篇

昌 都

要是
在俄洛镇桥上再遇见你雨中散步的芳影

活佛和强巴林寺在高原上为我们欢迎
虽然格萨尔王与王妃珠姆下棋的四方形巨石骰子
还留存于峡谷中　只有那丁青热巴　芒康弦子
和昌都的卓舞——
可以诠释

爱人不曾独自让我们远行
但自从浪拉山上的经幡飘扬　那太多像七十二拐的
山坡道路与天空中白云的祝福
已堆积在它的玛尼堆上
噢——

当金沙江　澜沧江　与怒江
为了玉曲河　沿着茶马古道与藏东的明珠汇合
哦——

你们这些来援藏的厦门干部　让我们一起
在这里我们下乡走过来古冰川　帕巴拉圣湖　雕梁画栋的
　　东坝民居
并且沉思于那些点缀装饰这美玉草原上的蓝色花朵

——这昌都　依然带着一棵柳树的温柔惑人

2017. 9. 8

有一种爱叫作静悄悄的思念

在雪域高原　有一种生活叫作耍坝子

赶马拉车　搭一个帐篷　一起喝酒　唱歌跳舞
在溪畔林卡里　山野花丛中　绿草茵茵上

而我却想沿途撒下埋藏心中已久的爱的种子
用自己的双手寂寞地促其生根发芽
盛开如雪莲花　围拢如锅庄舞
这或许就是我的收获
我来时如鹭岛　离时如左贡

洒咧①　洒咧　（sarley，　sarley）

即使再回到同一座城市　春暖花开的厦门
把那青稞酒　牦牛肉干带回给亲朋好友
把那落满格桑花的草原
那冰川瀑布的雪山与圣湖
都带给你　直到你感动

我也知道
那份爱仍叫作静悄悄的思念
那份思念仍叫作无法篡改的命运

2017. 9. 15

---

① 藏语"洒咧"即耍坝子。

如　果

如果你能在秋天来
我会轻轻采摘一束格桑花放在怀里
还有一半是冰川　一半是湖泊
像红尘一样唱一首藏山秋歌

如果我能在一年后见到你
我会把相思涂鸦成漫画
分挂在厦大芙蓉洞两边的墙上
直到你的倩影莅临

如果仅仅是推迟几个世纪
那时我会用柔和的目光回看过去
并明白这世间情为何物
——其实就是荞麦　就是青稞
在我饿时能吃　想醉时酿酒来喝

如果能确定　我们的相会
是在那风雨之后
我会把它像阳光一样折射
让你品尝到彩虹的颜色

可是现在　完全不知道
我们还要相隔多少时间和距离
这就像是左贡　在我越过千山万水

来到这里
却把我的心情分为两季
——冬季和大约在冬季

2017. 9. 22

立　秋

高山上的气促凝结云和雪
自每一条紫色的路上
浮水返流
这样的傍晚接近酷暑的深秋
这样的炎阳飘来忽然的风雨

于是那一心欲静的梦难成并离去
于六腑翻腾时
对你的思念也未肯停休
将你遥远的厦门镀金的鼓浪屿上空奏响
比此涛声更多的琴音

那忘却寄身于世脊的牦牛和绵羊
在荞麦和青稞的亲吻之中反刍
而在这里摇曳的那美玉草原上的蓝色花朵
还嫌触目尽是不解风情的童丘

风并没有吹走那一排电线塔上悬挂的所有孤独

2017. 9. 24

左贡的天空

快要回左贡　那青稞的熟黄与荞麦的紫红
让我心底温暖的向日葵的脸
冰川挂在雪山上　这是我渐渐透明
澄清如湖泊的原因
在环岛路边　你曾站在浪花与礁石之间
略等于一件橙黄色运动衫
等于让我爱欲交织的乳房和臀部的曲线
头顶的天空　也像左贡
如同远方一条河流蓝色的忧伤　连通
草原与毡房　大海与小船的静与动
一些欲望如公路潜入衣袖　盘旋　上升
扯起经幡　垒起玛尼堆
与白色的云朵　鹰隼在峡谷上飞翔
而玉曲河流经左贡时　并没有说话
只是悄悄带走我对你思念的全部
从那新区的情人桥上　哦
我最熟悉的陌生恋人
我找不到任何不去继续爱你的理由
只因你凝望我时暖暖内含光
只因我还是让你渴望融化的那片阳光

2017. 10. 7

293

下乡感悟

在此我漫长的孤独将我放逐
走出厦门　走到雪域高原走进
左贡的天空　那些茶马古道不会拒绝
或收留我　不会以三江汇流为借口

柳树依然青翠　塔鲁那乳色的温泉
与国道 318 旁夯达的洒咧营地达成一致
在峡谷每一棵已经金黄的杨树上
我想起朦胧与清晰的事物
向扎玉或碧土　向一个下乡调研的日午

因为这数千百万日夜都收割一个冬天
我需要预设春天缺氧的程度
如同将青稞的秸秆放在田野的木架上
牦牛站在悬崖边　望见玉曲河中的石头

噢　旺达中街　在珠然峰下
我每天都要走几个来回的县城小镇
而这里是红旗广场　和特警巡逻的口号
这里没有来自爱人的呼吸没有环岛路边海的波浪
这里夜晚　我偎在床上雪下在措姆湖畔

2017. 10. 22

294

雪天的左贡

我该怎么称呼你　雪天的左贡
心如玫瑰的女孩

我们之间的不是爱情
不是昨晚旺达中街上的第一场雪
不是属于我的停留之地
或是谁坐月子吃的三色藜麦
不是我们努力就可以改变的事实
发自厦大路灯下你凝视的脸庞如是哭泣

我曾幻想我是你的情郎
在青藏高原上带着你去自驾旅行
我们和雪山有个约定
在珠峰大本营海拔最高的邮局里
在纳木措纯净天蓝的咸水湖畔
在可可西里无人区奔跑的藏羚羊边
无论誓言曾经是神山
是圣湖　还是一段青梅往事
为了记忆中的那一座熟悉的江南老宅

而今晚　似乎是岩石　迷失在玉曲河裸露的沙床上

2017. 10. 31

我像一枚硬币一样旅行

我想象我的爱情
被你拒绝以后
就像一枚硬币一样从空中抛出
来到雪域高原
化身为大昭寺前桑炉里煨出的一缕柏烟
或布达拉宫脚下被转动的一个经筒

它对着一切信众倾诉
向八廓街五体投地匍匐磕长头的朝圣者
以为可以回到几百年前
臆想自己就是仓央嘉措
在大雪纷飞的夜晚出宫幽会
臆想自己就是珠穆朗玛峰
与一位围着红披肩的少女合影
就可以私订终身

或是　往羊卓雍湖的天蓝
堆砌上 40 冰川的晶莹裂缝与阳光
就像西安秦始皇的兵马俑　以为出土
就可以看见唐朝华清宫出浴的杨贵妃的胸脯
然而　我却无法再向一个陌生的口袋
低语我的境遇
不能默默无言　被你扔进水池中
还替你占卜前途命运

每当念青唐古拉山与纳木措深情相拥
双子座的流星雨划过天空
印度的野鸭飞来拉萨河畔过冬
我就知道
三世轮回如同时钟
世间人生就如一盏酥油灯
无法照亮你眼前的浮名
和我在远方想念你时的浅盏低吟

2017. 12. 21

春之旅

一场春天大雪　落在
左贡
援藏公寓窗台　落在
玉曲河一座斜拉桥的郊外

来了　我已启程
到天空使我漫游的白云
到 318 国道七十二拐的山坡
有湛蓝的然乌湖迎上来
那是来古冰川融化后的激情

八宿　波密　也是
天堂的精髓　他们
把怒江沿途的险阻
变成动人的风景
带着比雪花
更曼妙的晶莹
我远远地站在南迦巴瓦峰下
把雾霭
投进鲁朗的林海

给通麦大桥以清晨的宁静
给色季拉山以五彩经幡的黄昏
给我那还未发展成爱情的相思

一片桃林
像林芝嘎拉村那样
映红
一个在爱情路上千里迢迢的
朝圣者

2018.4.4

融

化为三月
在珠然神峰脚下的
旺达中街　相爱吧
我们把这叫作
左贡

玉曲河已经解冻
静静地
春天的翅膀已来临
格桑花将盛开在脚趾之间
我在塔鲁的温泉之夜
在这逝水的年华之中
凝望星空

该与谁谈谈心
谈白天路过的人和事
谈他
援藏在雪域高原的
意义

咀嚼
这块牦牛肉干　用
一杯青稞酒的牙齿与回忆

2018. 3. 16

我会爱你，左贡

梦境之花　留我在此
天色暗淡下来
在这趟厦门援藏的岁月列车上
一刻一时都在离乡背井的
孤寂上　风景却如画

你的身影坚如磐石
珠然神峰
我确信你与月光一起皎洁
如同春雪之吻
你的玉曲河必定还如象牙
一般冰冷
我愿走过去仔细瞧瞧
看她抬起温柔的眼帘
对我　左贡
你是众山水之中我唯一爱过的女人
向着寒冷的火焰深处
随心而舞　轻如羽翼

我要飞走了　飞走了
在两三个月后任期的结束
我会爱你
用我希望被爱的方式爱你
我会爱你

比你的梦想还要长久
让穿过旺达中街的摩托和自驾车队为之轰鸣
让雕梁画栋的东坝民居女主人为之脸红
让塔鲁的硫黄温泉为爱翻涌满天繁星
让美玉草原上成群的牦牛以一片蓝色花朵发誓
让我俯地祷告如寺庙里朝圣的藏民
我会爱你的　左贡

2018. 4. 27

雪中赶路人

我在卓玛朗措湖立于无边的倾听
簇拥着灌木和雪松
飘扬着经幡
在洛隆街头的酒馆
遇见乐山来的美丽两姐妹
我在达宗遗址的残垣断壁采摘早春的第一朵杜鹃
在三色湖看见你黄黑白三样的爱恋
在我心中的倒影

这一年五一
我从加玉大峡谷萧萧而过
不为已经绵延远去的古城墙
不为加玉桥边茶马古道的驿站
不为卡诺遗址的惊叹
爱如大海上升为苍茫的高原
沿着岁月的伤口　走向你
不为已经消失的诺言

我让冬天回头　在浪拉山口
下一场大雪
飘雪的空气携来斑斑泪渍
不为谁　为自己　为这一年五一
每一个雪中赶路人
希望插在村庄的土地上

已生长成火把

西藏的香格里拉　我的边坝

2018. 5. 4

巴拉格宗

我要给你什么
草青青　天湛蓝　林涛载着水声
我要给你什么
水清清　山牧场　鸟语伴随花香
每一道风景都有向上的精神
我要把你亲密的接触
在巴拉村
格宗雪山的三个主峰下
给老人以经幡飘扬的时光
给恋人以幸福美满的奔松
裹着开心的笑　放肆着篝火的锅庄
这个曾是无人涉足的境域
将成为香巴拉王国最后的谜语
一个康巴汉子的名字
从香格里拉大峡谷漂流下来
五彩的花朵正向三江并流
我要给你什么　巴拉格宗
绝尘圣域　爱情的传说降临
快归来吧　像喇嘛一样
看到祥光的地方
爱你不止于唇齿　不掩于岁月
我用心筑路　虽峡谷弯弯
也要以山衬托水　以水倒映着山

2018. 5. 7

前进西藏

前进西藏

风景永远在路上

我所有的旅程就是为了相信

相信这世间还有一个天堂

在那里　我的名字不被爱情遗忘

我爱上你了　西藏

爱你头上盘着红绳子的康巴汉子

爱你身边穿氆氇服饰走过的美丽女人

爱你在广场雨中仍跳着锅庄的两个孩子

爱你在国道上磕长头虔诚朝圣的父母双亲

我要给路上遇见的每一座雪山　每一处湖泊

每一片草原

一个热泪盈眶的拥抱

这是我以前从未来过的高原

天籁的歌声和动人的舞蹈

有些面庞看上去有点苍老

但不乏许愿祝福的微笑

血液里流动的酥油茶和青稞酒

我们需要信仰如同大地需要氧气

红黄白蓝的格桑花啊

请沿着我的孤独

走进你繁星满天的夜晚　经幡飘扬的高山或峡谷

你可曾听见我在寺庙柏烟缭绕的诵经声中

念着一些内心的祈祷

我怀念一些我们在厦门海边留下的脚印
那时我爱着你　你却装着一无所知

2018. 6. 1

雨之思

雨之思　寂然　在红旗广场

你温泉的水
在塔鲁的六月之光里流淌
格桑花的心
尚未开放

还有　一路小跑
穿过美玉草原的
雪猪

如今广场剩下几根灯柱的倒影
没有锅庄音乐的伴奏
在雨中　蓝如夜空
站在旺达街口
也从盘金开始绣上你的嫁衣那天起
放逐而去

像一个木瓜在树下
只知祝福你而不知该思念谁

2018. 6. 9

爱我吧，三月的桃花

爱我吧　三月的桃花
人生需要一次旅行
是走在 318 国道
大雪已覆盖左贡
只有玉曲河
流淌在邦达草原上
尚未露出冬虫夏草的踪影

爱我吧　三月的桃花
前方的道路虽然充满曲折
但总比留在原地有更多的风景
我被怒江七十二拐的山坡所引导
足迹布满米堆与来古冰川的瀑布
在然乌湖找到天空丢下的蓝宝石
你的呼吸
水　一片湛蓝的澄清

爱我吧　三月的桃花
通麦的客栈清晨
宁静得像梦
像通麦大桥上飘过的雾
八宿啊　波密的古王朝
有一条岔路通往墨脱的雨林

爱我吧　三月的桃花
鲁朗林海的炊烟把我唤醒
色季拉山口的经幡飘扬
南迦巴瓦峰在雪山之上露出真容把我欢迎
洁白的云朵织成哈达
纷飞的风马飘进玛尼堆垒起的祈愿
一切回到最纯净的时刻

爱我吧　三月的桃花
林芝是西藏的小江南
我想在三生三世十里桃花树下牵你的手
跳起锅庄
在尼洋河畔与你散步
在温泉的池边与你低语

爱我吧　三月的桃花
布达拉宫巍峨地站在拉萨河北岸
我在药王山上看见你转经筒的身影
无数固执的思念
要把我放逐
在城市的四周筑起峰峦
用青稞的啤酒和风干的牦牛肉
用藏式茶馆那瓶甜茶
我遇见了
文成公主从唐朝带来的经书与雨露

爱我吧　三月的桃花
大昭寺前晚上磕长头的朝圣藏民

八廓街被转寺庙的足迹磨得光亮的石板
我在玛吉阿米所在的那个土黄色小楼上翻看
仓央嘉措当年写给她的情诗

爱我吧　三月的桃花
珠峰脚下那片成堆的砾石
绒布寺白塔前成群飞落的鸽子
世界上海拔最高的邮局此刻如一废弃的集装箱
你在冷风中用略显冰凉的唇吻了吻我
那一夜我在帐篷里看见了最美的星空

2019. 7. 6

在兰州想起海子

不知该怎样安慰
兰州一带的小麦熟了
以梦为马的海子却再也见不着了
那是属于他的一个抒情时代
德令哈的雨水不再荒凉
青海湖的蜂箱依旧楚楚迷人

不知该怎样安慰
我站在黄河第一铁桥前方
站在一条孕育中华文明的河流上面
无法解读世事的无常变迁
无法留住光阴老去的速度
像他悲伤时握不住一滴泪水的双手　空空

空空之中一只羊皮筏漂过
总会有人想保存一切
白塔山下的黄河母亲雕塑
麦积山上的石窟
他们希望在一串串走过铁桥的足迹里
辨认出马踏飞燕的人生方向
金秋的九月
梦想此刻就是一座铁桥

不要留恋张掖的丹霞地貌

也不要被崆峒山的天下秀色迷惑
在一个远离世俗的地方　扎尕那
你会是四座村庄和一棵静坐的菩提树
掸净心灵的尘埃
你会在拉卜楞寺找到现在无边的爱

当众女神在敦煌莫高窟的穹顶飞天之时
我却想行走在鸣沙山的沙漠里
追寻玄奘西行的驼铃
我想在月牙泉里打捞起一缕春风
一并把它带到玉门关前

2019. 9. 21

与布楞沟相遇

在金秋的一个下午
我与一条黄土高原的沟壑相遇
我发现它体内曾经的贫穷
和缺水的暗语
与一个伟人留在厚厚灰土里的脚印

这一次我甚至无法开口说出
那片八瓣梅花海的幸福

看着那块石头上刻着的三句话
我缄默如一块光电伏
内心的阳光
如漫山遍野种植的喜悦
那头曾去洮河边驮水的驴
想站在红砖红瓦屋旁唱一首临夏花儿

很多次　我顺着一只鸟飞翔的方向
看见
皇冠梨　花椒　包核杏
正在山巅或沟底
与柠条　梭梭　沙柳交谈
那个喜欢在夜里刺绣的女子
她的丈夫已从城里返乡养羊
一条坠入黑暗生活的沟壑

如今因为总书记的嘱托
走进新农村
那红色光明的顶点

2019. 9. 27

夏 河

居于流动而心存善念的河流
停下来
愿成为美丽的达宗湖
走下去
愿成为自己的海
众生的夙愿
遇见只是一种经验
爱才是一种来自心底的情感
草原上盛开的格桑花
山坡上的水转嘛呢
拉卜楞寺的贡唐宝塔
临夏清真寺顶上的日月星辰
这一路走来
你错过了幻彩的白石崖
只为了寄一封情书给
古丝绸之路上的
甘加八角城
天嵌高原
并不妨碍你田园如画
走向内心
只为了更好理解他人
夏河啊
你时而在我左手
时而在我右手

请带我一起流浪

穿过圣地之门

流浪到爱我的姑娘的心房

那一幅幅的壁画与唐卡

写满了我的虔诚与追寻

那一声声道得尔巴的佛殿音乐

吹响了你的向往与收获

那珍贵的贝叶经经文

在酥油灯的映衬下

愈发灿烂地告诉我们

爱要传递　接踵摩肩穿越地域

与时空局限

情才能溢满人间

2019. 9. 24

我的寂寞仿佛那些桌子上的柳丁

我的寂寞仿佛那些桌子上的柳丁

它们构成了你笔下的静物

因为思念果园

无法再返回为一棵树

站在山间

指挥一座村庄

指挥山间的雾霭流岚起伏起舞

一种浪漫瑰丽的想象

像飞鸟在天际的末梢相逢

是鸣叫的欣喜

或晴空微雨的可能

北山南水间沉默的万物

因此激活

扶贫的乡村也被激活

人们对美好城市生活的向往也就开始了迁徙

而这个时候

我就想掏出我的寂寞

我的寂寞与这尘世有关

祈祷的温暖如莲花在心中一瓣一瓣盛开

愿世间祥和如净地

使诞生了的悲剧不再重演

已消失的甜蜜继续孕育奇迹

当这些美好的祝福

在我心中滚动

我还未谋面的女人
请找到我
请用你白皙纤纤的玉指
剥开这些寂寞日子橘黄的外衣
让酸甜汁水的回忆
进入饥饿的红唇的寻觅
留在你日夜芳香的颊齿或深处的胴体

2020. 1. 17

龙山百合

我想起你如一位农村大爷剥百合的手
一边迅速地剥完
一片片完整的金句和格言
一边让留守儿童
在心愿墙上许下
明年一家人团聚照相的渴望
届时在外地打工的父亲回家
他可以耕地　　种百合
也可以轮作　　当产业临工
蚂蚁是雄兵
家乡是梦想开始的地方
我记得倒闭的厂房角落里
还端坐破旧的烘干机器
天真无邪的小大人
已学会照顾一个老人和他自己
因为旱厕而离开的支教女老师
就交给荣耀之箱
那个在东方卫视上拼多多
展出的扶贫助农项目
那个移动的宿舍
谁的故事冲花了主持人
女明星的妆容
啊　　和你在一起
摇篮就会像船儿漂荡

和你在一起
大城不乏小爱　相守才会甜蜜
我的梦想里装有你
你的梦想里载有我
就像养育我们的这一方土地
富涵着不离不弃的硒

2020. 4. 8

兰州河口古镇

我越过长江的界线
不带走闽南
厦门任何一缕咸湿的海风
自积石山由西向东
穿过太极山川间的盐锅峡　八盘峡　鸣雀峡
在渐渐开阔的河面上转了个弯
这里　岁月遗忘的南岸
是金城古渡青石津
而我站在北岸
羊肠子湾码头
张家河口
寻找你留给我的一截古城墙
在我手能摸到的地方
季节从她曾经是甘肃第一海关
和庄河堡上脱落
我们像丝绸之路上的马匹　瓜果　瓷器
等待一只羊皮筏子渡河
我看见了一树梨花压在村院墙壁
我对你的思念
就像一峰卧着的骆驼
在黄河涨水时隐没
枯水时显露
我已脱离了社会的潮流么
让自己以一块骆驼石的身份度过人生

遁居在河口古镇的隐士
坐在雕花屋檐下写信
寄给远方一位自始至终的女子
说爱她的后颈　锁骨　以及肩胛
如同爱这水居幻化的丹霞
当秦腔从八百里秦川吼叫到甘肃黄土高坡脚下
我不知该以苦音
还是欢音
演唱
我们在回望的那一瞬
触及心灵的战栗

2020. 4. 12

在我手上跳舞的水库

你挥一挥手
爱的波浪就会涌来
你打开一扇心灵的窗户
就会看到八坊十三巷清晨的景色
我洞悉一切你的美
因为我有爱
生活在午后的思想
与自己的争论产生的诗
一个流浪者的文字
如今要在塞外的江南润色
想起你在汪塘一个杏花盛开的村寨
面对我的爱情
你依然筑起界线清楚的田垄堤坝
到处叩门的童话
仍然徘徊在自由的蜗居之外
我已穿过了一百座中国的城市
精神的家园依然空空如也
明天的寂寞如期而至盛大而喧嚣
今晚的月亮会让我变成一个敞开又闭合的
马家窑陶罐
用一只始祖鸟的羽毛在腰身刻画
和政那群远古恐龙
寂然无语的咏叹
你总需要莲花山上湛蓝的空气

我爱你已胜过临夏河洲三十里牡丹的呼吸

罗家洞寺红山乳土前的珊瑚树

我以我们的相遇为缘分　为阴阳太极

我在重拾的栈道　消失的石窟

及没有羊皮筏的黄河上

写下你宽阔澄清的名字

叫作

刘家峡

一只在我手上跳舞的水库

2020. 4. 16

坐在枝头上的果实

这些天
我沿着黄河
从临夏走到兰州
我也不知道我在寻找什么
四月　空中总有一些花瓣飘落
放羊的回族老人看着我
又看着脚下流过的
洮河　或湟水河
想知道我爱上的
是东山唐汪的杏花
还是和政的梨花
或是在永靖县西河镇遇见的苹果花
我得问问我自己
是否为错过的武大樱花而觉得遗憾
或说心中的桃花
还盛开在那年西藏的林芝
这些年走过的路
仿佛是在用一首首诗
去印证我对她们真挚的感情
在繁花落尽的时候
我总是试图回到一棵树的内部
想念她盛开的样子
并告诉她
我的相思已结成枝头上的果实

被岁月路过　被有情无缘的鸟啄食
那只鸟已化身成丘比特遗落的箭镞
饮着我用陶罐舀出来的水
从山到塬到川一路鸣叫
带着泪柏木做的手信
穿过荒野与森林
穿过印度洋般的波涛汹涌
抵达你不再关闭的心扉之柴门
让夜晚天上的星星与地上的庄稼再次受孕
那种上我脚印的一层一层干旱荒凉的黄土山坡
将再次五谷丰登

2020. 4. 21

斋月凌晨三点已开始

一定会有什么回忆
在岁月的潮起潮落中逐渐褪色　老旧
喜欢情节剧和高出生活的人物
哼着零碎的花儿小调起着舞
牡丹之夜　我看见了河口古镇
挂起了羊皮纸糊的灯笼
那临夏八坊十三巷
一家挨着一户说着街坊故事
麦子的泪水此刻盈满眼眶
紧靠炳灵寺石窟的刘家峡　下起了雨
仅剩的最后几位做雕像修复的师傅
也各自收拾工具离开了崖壁
但我在船上　你在岸边
我无言地追寻已跨越黄河
遇见一树树杏花　梨花　苹果花
她们一朵朵眉清目秀的擦肩而过
让我意识到
离开荒芜内心的疫情冬季
进入春天
依然那么艰难
当我孤独地坐在积石山上
如一只马家窑的陶罐
想念洮河
满是草原和树篱的河洲之旅

委托一只栖息在树枝上的蓝孔雀
行云般飞过大地
沿着牛羊　骆驼　甚至和政恐龙的踪迹
有时漫无目的　道路
迂回曲折　且行且阻且珍惜
虽然如此
一座座清真寺仍然为我命运多舛的爱情
沐浴　祷告　祈愿　祝福
斋月凌晨三点已开始

2020. 4. 24

四月的阵雨

异乡的夜晚　唯你雪白的大腿
在辗转反侧着我的思念
一次在春天　一次在冬季

鲜红色和亮红色的鱼
在远方的海底游动
在星空下看书
你跳进来毁掉一个戏剧化的结果
我感觉到自己在希望的田野上身陷囹圄

我想去种玉米
用伤心透顶的铁罐
和黯然销魂的种子
代替黄土高原
玉米长出来的极为珍惜的馈赠之穗
像腐烂的安全绳也收不回
一颗想向悬崖索要蹦极快乐的心

你面对的不是存在　而是人性
青春期的女人的节奏和生命一起搏动
谁的樱唇的呼吸
逐渐清晰
大地丢尽颜面的给予一切
沦落到在风的餐厅演一只拒绝跳舞的碗具

情绪激烈的白昼
编一个一个谎言来看我的少妇
我从你眼里看见四月的阵雨

日落　日出之景
阅历暴露天空的绝望
经验的影响
不在于食材　而在于风味
统治我们的很多定数
像美梦只是梦
噩梦也只是梦一样
沿着黄河去看刘家峡上的石窟
河流见多识广　但山川品味了人生
你的脸蛋很漂亮
尤其是在我下的这场四月阵雨的映照之下

2020. 4. 26

东公馆

指尖上的牡丹
被夜的凉风吹开
大夏河里灯的影子和月光对话
环球形剧院的尘埃在寻找爱的接缝
谁的夜空有着分外明亮的星星
仿佛你的眼睛在笑
笑我在东公馆
左看　右转
固执得像一面砖雕照壁
等待一袭旗袍
穿过民国历史的人间烟火
寻找一个解放前的故事
一本有情绪　眼泪会掉下来的线装古籍
然后把自己藏起来
一厢情愿地以为
离开　会把自己过得更精彩
而无人在身边的夜晚
你是一朵待开的紫斑牡丹
那沁人心脾的芳馥
被你
加了一点渐弱和主打的抖音和弦
把孤独当作今天的晚宴
而你的诗
却纤细般渗入黑暗伤口的琢面

变成温柔耀眼
又别样坚硬的钻石
远处的海在平潭岛的夜风中吹拂
我看见你站在蓝眼泪环绕的礁石上
向我顾盼与召唤

2020. 5. 1

松鸣岩

在松鸣岩上
有一个禅宗冥想的洞
在那个天然的子宫
你会觉得或意识到
时间只是洞外的水帘
我们只是飞过山涧的无名鸟
世界在山外无限美好
而我们只能远远地观望
在云杉间跳跃的小松鼠
看
阳光漏在岩石上
阳光在同树梢上的自己分离
阳光在雨露中获得
世俗意义上的幸福生活
而我在三孔拱桥上停下脚步
在清澈的雪山融水里望见
药水峡上游中
一条鱼想逃脱的宿命
松鸣岩不是净尘山
不是日常生活的夹缝中
辟出的一个幻境空间
不是你途经那些悬崖上的殿宇楼阁
我却期待在这里与你相遇
像花儿大会上歌唱的仙女

在太子山脉上

裸身相爱

洁白的雪覆盖他们的身体

遮蔽了他们下山

寻觅功名利禄的那条路

那条曾被你视为滋补理想的唯一正途

如今　在松鸣叠翠中

接天梯仙道而去

   ——"日兮鸟中雄

    月兮堪匹涛

    我攀松鸣岩

    何需艇与舟"

       2020. 5. 2

东郊公园

不是郁金香　如花盛开
不是孔雀　展开全屏
不是皇冠　却戴在每个游园的人头上
不是丘比特之箭
却串起一颗颗为爱飞翔的心

我在滨河北路上的东郊公园
看见光
是年轻男女在角落的絮语
是草地上好奇眨眼的星星
是小孩子们沿途吹出来的肥皂泡泡
一盏盏红灯笼高挂在树枝的头顶

我穿过五彩缤纷且变化旋转的隧道
穿过三角形　五角形的拱门
把脚下的圆形路基石踩得吱呀发亮
想去牵你的手
而你的手在金鼠雕像上向众人打着招呼
想去吻你的唇
而你的唇如那个福字中空出来照相的门

光是年轻的　却又是古老的
我曾在河口古镇的羊皮纸灯笼上
看见过它温暖的影子

它照着我的路
我的路在黄土高原上
寻找一树梨花压院墙的家

光是有形的　却又是无边际的
它可以射向遥远的黑暗
带去我的祝愿
像那个站在门口发铜钱的财神爷爷雕像下
一个胖头娃娃的小伙子
冷不丁地亲了一下
另一个穿裙子的胖头娃娃

2020. 5. 3

河流是爱开始的地方

大夏河的水面上没有船
只有枯黄的芦苇和两三只野鸭
漂流的易拉罐和我的哀叹
我要去河对岸寻找一女子
她会给我带来三幅好画和一个孩子
在临夏黄土高原的天空也这般深邃
远处大桥上的摩天轮旋转着霓虹
如河州之眼
我已让自己和一切名利疏远
只为风吹来阵阵你浓郁的香气
白色的　红色的　黄色的
瓣内面有紫色斑块的芬芳
我的口袋里藏着一个男人的孤独
却掏出思慕的手机
想摄下你每一朵笑靥
我轻声地念着你的名字
在风车的手和言语所及的一切地方
你是一丛丛有天赋之爱的紫斑牡丹
将把我的赞美唱成花儿
如大夏河之水从天上来
装进一只自由的陶罐
它的嘴巴像青蛙　耳朵像钩子
肚子上刻画着那些年消逝的青春的鱼纹
我把那圆形剧院当作一顶闪光的皇冠

为你今晚晋身成我的女人
而加冕
那一排站得笔直的白桦树　连翘
和丁香花将为我们守护
我们的爱在河面上洒下了
一寸寸细碎的波光

2020. 5. 4

走着走着春天就立夏

你独自一人　然后什么都停滞不前
写写诗　你什么也改变不了
但什么也不能永恒不变
所以　你学着恰到好处地去喜欢

喜欢红园广场那棵泡桐花树　吹着喇叭
学生在紫藤架下打着手鼓　弹着吉他
喜欢不知道哪里来的野雉
往王坪村的田地里走
苜蓿草在一排排树林形成的拱门下开花

很快　人们在集市上露面
热热闹闹地卖菜卖西瓜
但小孩子们无所事事地站在喷泉水池边
玩着滑板　国拱北清真寺前的大石头
看见各民族的和谐与团结

这个季节　如果你想不明白现在
就想想以前或以后
走着走着就明白了
内心的东西成熟得慢
万物却在此突然长大
如果还不懂得如何拿捏人际分寸的关系
去大夏河南岸　临水看牡丹

她们在立夏的光阴里　弹开了花苞
汪洋恣肆的美　妖娆和绚烂

在这人心复杂的社会
一定要学着去爱着点什么
像男人爱着女人
说是一种动物的本能
恰似草木对光阴的钟情

2020. 5. 6

我们的第一次

恋人之夜
我可怜的六只小猫在哭泣
来自黄土高原上的新娘
我正在认识这座城市
当我想飞走的时候
欲望在我体内升腾
像一片有阳光反应的树叶
春天在消化
她沐浴的感觉
牵我的手进你的房间吧
那绿色的房门内燃烧着
我们身体里的火焰
一条河诉说着甜言蜜语
一朵花盛开着凝眸微笑
将宏大存于鸿蒙
微小托于木末
婴儿将在你的子宫里诞生
流淌着我们共同的血液
帮助一个未孕的过去撑起明天
你凝望我时心灵的记忆与悸动
一枚恐龙蛋化石的沧海时光
总有一处幻地
实现未曾抵达的情爱
我们的第一次啊

所有逝去的念想都将如梦永恒
树上的果实落在你伸出的手掌
土地的收获也有旅行者的一分耕耘
一只被马家窑遗忘的陶罐
也将找到岁月容纳沉默的力量

2020. 5. 8

我的眼睛并非下着雨

五月的麦地上
槐树的村庄
杏花盛开又凋落的村庄
一只小黄狗在前
在山岭的健康步道上奔跑
几颗青涩的果子在后
在枝头窃窃私语地笑
这就是我郊游的地方　塞外的江南
风吹在山脊上的玻璃栈桥
风吹在九孔泉的水池
风吹在万寿观的颓废院墙
有一种馥郁的香
有一种旷远
乌云下　玻璃栈桥上走过的三个绛红色喇嘛
抱着婴儿的少妇
流连忘返地
踩响我的心跳
远处三棵古树下的绿草如茵
水池旁飞出的鲤鱼与画眉鸟
行脚人的口袋里装满着泉水去了黄土高原
而胡须仙飘飘的道长
用紫斑牡丹沏茶
那盖碗挡不住四溢的禅味
是日风大

我往返大夏河两岸的村庄
是日风大　风是城中住着的一位母亲
用油泼辣子麸子醋拌着金色的酿皮
却不小心刮翻了我回家的心思

2020. 5. 12

寻　你

走在芽塘水库
我仿佛是一条寻水的鱼
我轻轻潜入大自然翠绿的怀里
自由地游弋
我不再是飘浮在陌生城市的云　忘了自己
在绿草如茵的山坡上
我寻找虫草露出地面的样子
一只领头羊离群跑过来嗅了嗅我的衣袖
又放心地离去
面对清澈如往昔的湖水
没有理由地想起你
想得湖面都泛起了涟漪
听着树林里传来的各种鸟叫
我才知道没有你
怎会是一份惬意的人生天地
走过柳梅滩
走过太子山
走过黄松沟
我不问佛
不问昨天晚上暴风雨过后
临夏上空出现的彩虹
只问你　我的另一半自己
藏在雪山下的湖泊
还是白云间的松林

我沿着吊漫公路
蜿蜒盘旋
在娑婆世界里光与影　聚与散的千重变
谁画下这天地山川又画下你和我
迟迟不肯来的相见
那一场还在路上的风花雪月

2020. 5. 17

小巴米山沟

衔着一块面包和矿泉水行走
到黄土高原的裙边
去看
一只深埋在沙漠里的肉苁蓉
又黄又瘦的诱引
然后在山坡向阳的一面
把一块块黑色的光电伏板
并排地靠在一起
你是来到舞台中央的伶人
在夜晚的房门内
有着把我的灵魂带向天堂的呻吟
桌上的罗马蜡烛
你剩下的余烟与火星
你淹入杯底残苹果酒里的苍蝇
依然嘤嘤作响
今晚领头的山羊穿戴得
像一列做梦的火车
冒着蒸汽走向北方的乡村
我站在荒野之顶
看见自己
人生边界上的孤独
看见
那些在云端上漫步的日子
红唇之吻在白色宫殿

发出铙钹齐鸣的叮当歌声
那些缓慢的充满火焰的翳影
有着不断变化的友谊　性　和爱情
黄河的精神之子
在放逐之刃上重获生命
光亮从又小又矮泥舍的烟囱下掠过
灰烬变成淡蓝色的天鹅绒
披着纱巾的少女沉默不语
阳光雨露将带给你情感的启蒙
你大腿的闭合之处
将是我日夜思念的软歌依语
谁的内心休眠着一座座火山
虽时光漫漶
却依然等待一枝红柳把它点燃
而你在小巴米山沟　躲开一切
拒绝刘家峡的水库
为你倾心与动容

2020. 5. 19

5. 20 感想

大地深远辽阔

我是其中一条蜿蜒向前的河

有时看似走了弯路

实则想曲径通幽

在北塬上岸

像喜鹊一样飞到田间地头

那些高原夏菜　水果

还有花椒树

拥抱着我

今天我却不知该说些什么

此刻漫游的渴望

似乎想得到一份迷路指南

朋友圈里情侣互嗅的恩爱那么近

在手机之外又那么远

我仿佛走向通往大树乡

两侧都是山脊沟沟的那条路

举目就能看见自己内心情感的贫瘠荒芜

等待被唤起　被充盈　被拥有

被释放　被更新的一层一层的旱梯田

你的一声呐喊

即便是最温柔的

像你深夜抚弄猫咪的手

都能激起山谷里最深的回响

我的爱

像黄河的水一样流动
有着冲走一切又浮起一切的原始力量
像黄土高原的欲望一样无穷
在王坪村的遗址上
盛开着一马平川的紫斑牡丹
未来几天穆斯林兄弟姐妹将会开斋
像往常一样饮食男女
这就是未来最好的样子
我想
我的爱包罗万象　我的爱即是你

2020. 5. 22

临夏的夜晚和早晨

夜里
我来到北塬观光大道上的一块岩石
望着山脚下古河州的夜景
闪电在远处撕开黑暗
虽然有时只是短暂的一瞬
却让路过的人看见了光
天空此刻拧开藏在云层里的水阀
在我心里飘起了雨
湿漉漉的路面站着两排柳树
对一盏盏车尾灯的回忆
早晨
我回到康乐的乡下
打开一座宽敞的牛舍
一只鸽子飞起
落在青贮饲料发酵的味道上
她想
我可能是一头已经年迈的牛犊
踱着虚度光阴的步伐
而你已过完这个斋月
将牵我的手去郊游
一些鹅卵石铺满药水峡干涸的大坝
一些红皮树倒映在路边潺潺的溪流
我在这里遇见的云朵
在你那里变成了雨

平日里习焉不察的喧哗
内心有意逃避的现实博弈
只有一丛紫斑牡丹的幽香从未远离

2020.5.24

岁月藏着一朵牡丹花样的眼睛

凝视一朵盛开的紫斑牡丹
如行走黄土高坡
活在尘土之上
眼睛虽然看着世界看着他人
但更重要的是审视自身的内心世界里
那些留下紫斑牡丹一样馥郁芳香的经验
大自然的这些景象
不过是我们相遇的剧场
众声喧哗
而无处不在的规则看似沉默
我找不到合适的词语表达
我对你的暧昧与复杂
且去古河州牡丹第一村与众花对话吧
那花是你的笑靥
那花绽放在夜晚的胯下
那花更是我浩瀚无垠宇宙里的爱恋
穆斯林老人赶着一群白羊下山
在古兰经里找到一条爱与宽恕的途径
岁月藏着一朵牡丹花样的眼睛
而我并不是从大海的波涛上来
怀揣着孤独
在这个世界的荒原中
乱嚷乱叫　晃来晃去的人

回到森林

回到森林
所有自然的声音都是我们精神的粮食
不能丢失的是那个充满信任的温暖早晨
白色的晨雾与孤烟
橘红的朝阳
墨绿色的帐篷
我和麦田里的乌鸦走上不同的岔道
那口水井
纯净的思想之蛙被封闭在铁皮盖下
你的眼里泛起温情之雾
遍及我手上的华林
以荒诞写现实
以虚构抵达真切
以选择的迷失寻得精神的确证
我想重回森林
遇见铲齿象　和政羊　埃氏马
鬣狗　三趾马　披毛犀
它们在我身边漫步
而不是今天
我在端详它们来自远古时代的化石
我的草原曾经星光璀璨
无法借用一个大自然的灾害
或地质运动　或气候变迁
作为一个生命物种起源又灭绝的结语

我在遗憾中异化着自己的同情认知
但光鲜的化石博物馆背后
值得铭记的不是六项和政世界之最
而是那些远古时代森林深处的活力与生机
永不被湮灭

2020. 5. 29

天 梯

我要做一把梯子

伸进云彩里

这是我期望与上帝的对话与来往

第九级的浪将在梯子上绽放

绽放如你被情感捕获时的挣扎

天堂的空气在荡漾秋千

静墨不断晕染着环保的寓意

我正试图在你心上找一个位置

又不会偏离爱与性的轨道

撞墙的狼化身可降解的色粉

天空顿成你我爱的画布

谁还追忆一朵化盛开的慰藉

你是鱼　我是网

城市只是两座塔的风水

跟看不见的力量

以火药作画

无视一张桌子上的中餐　西餐　与混乱

奶奶的渔村保持着我童年的神奇感

那是我想象天梯的地方

天上都是蓝色的星星　瀑布　和海涛声

银色的落叶一团团出来

有蘑菇云的时代

神秘的怪圈在广场奔跑

一夜情的探戈的舞会

我点燃了天梯
在泉州的惠屿岛
那座一直在我心上
我却在海外寻找了二十多年的家乡

2020. 5. 30

站在龙汇山上

站在龙汇山上

看洮河与黄河相遇

交融却不渗透

如一鸳鸯锅

是你碧绿的清波

拒绝我泥沙俱下的思念

一起穿过刘家峡水库大坝

奔向兰州

我的孤独多么绵长

前程多么遥远

自从我第一次在临夏与你相遇

洮河带来达板杏花的雨汛

略显激动的混沌没有停下来过澄清

没有一块黄河三峡的岩石能眺望成神女峰

也没有任何对面女人晃动的乳房能泄露

高原的无限春光

我翻山越岭来看你

不管天上飞的是鸟还是云朵

风里飘浮的是花瓣还是露水

脚下踩着的是黄土还是疲惫

用俊俏脸蛋的天籁呻吟来传递

红唇的微笑随着梦想的白齿来临

希望满天星

歌声层层飞

如果配合着原始的古老
俨然听到一声秦腔的吼叫
花儿的曲调
如果是一起堕落私奔的朝霞
无非曲径通幽的灯火与月明
唱起来吧　你仍得相信
这一路上的山谷
和黑夜
都留下了我们爱的回音

2020. 6. 6

图书在版编目（ＣＩＰ）数据

幸福的紫霭是鱼 / 南岸著. -- 武汉：长江文艺出
版社，2020.12
ISBN 978-7-5702-1828-8

Ⅰ. ①幸… Ⅱ. ①南… Ⅲ. ①诗集－中国－当代
Ⅳ. ①I227

中国版本图书馆 CIP 数据核字（2020）第 173459 号

责任编辑：胡　璇		责任校对：毛　娟	
封面设计：吕袭明		责任印制：邱　莉　王光兴	

长江出版传媒　长江文艺出版社
出版：
地址：武汉市雄楚大街 268 号　　　　邮编：430070
发行：长江文艺出版社
http://www.cjlap.com
印刷：武汉市首壹印务有限公司

开本：880 毫米×1230 毫米　　1/32　　印张：11.5　　插页：2 页
版次：2020 年 12 月第 1 版　　　2020 年 12 月第 1 次印刷
行数：8190 行

定价：39.00 元